Nota da autora: As raças de cavalos mais raras no mundo são o cavalo Sorraia, Dales Pony, e American Cream Draft. Existem menos de 250 destas raças de cavalos no mundo, tornando-os criticamente ameaçadas. Na história temos várias raças inclisive a que a protagonista monta é da raça Andalv

Essa é uma obra de ficção, qualquer semelhança com nome, data ou acontecimento, é mera coincidência.

CAPÍTULO I

A fazenda Harmonia estava linda com as árvores florescendo naquela quente manhã de primavera.

Dora caminhava pelo jardim em direção ao estábulo, ao chegar não encontrou Chico, seu cavalariço, era ele quem cuidava dos seus melhores e premiados cavalos de raça. Ao passar por aqueles belos animais, eles faziam barulhos com as patas e focinhos demonstrando reconhecer a dona. Um deles fazia mais barulho do que os demais fazendo com que Dora parasse em frente a cada uma das baias para fazer carinho, o mais barulhento de todos era um alazão negro, seu pelo chegava a brilhar ao sol.

_Como vai meu querido!- disse acariciando a cara do animal. – Vamos dar uma volta? O animal reconhecendo a voz de sua dona relinchava de pura alegria.

_Fique quietinho que eu vou procura o Chico e já volto.

Dora saiu à procura do empregado. Chegou na pista onde corria com seu animal preferido, viu um rapaz franzino deitado na grama. Dora olhou para ele vendo que estava cochilando.

_Acorde seu inútil. – Dora dava pequenos chutes na bota do rapaz para acordá-lo. Ele assustou-se a vendo na sua frente.

_Patroa? O que faz por aqui tão cedo?

_Não te interessa o que eu faço por aqui. Essa fazenda é minha eu venho à hora e quando quiser.

O AMOR NÃO SE COMPRA

Rute Lombano

Primeira Edição
Osasco – SP
2022

_Sei disso, patroa desculpa!

_Agora levanta esse traseiro mole, e vai alimentar meus animais, você é pago para isso. Ela deu as costas seguindo na frente. Ao chegarem ao estábulo, Dora caminhava dando ordens ao rapaz.

_Quero o trovão pronto, alimentado, escovado e selado, vou sair com ele. Não quero vê você dormindo novamente. Já tomou seu café?

_Sim senhora.

Chico foi logo providenciando o alimento para cada um dos animais, no total eram doze lindos cavalos de raça, puros sangues árabes. Todos sabiam que o preferido da patroa era o trovão, um lindo cavalo negro e o primeiro a chegar à fazenda Harmonia.

Dora ganhara o alazão quando fez quinze anos. Todos os homens que o pai contratava para domá-lo não conseguiam. Dora com seu jeito mandão e ao mesmo tempo carinhoso e firme conquistou a confiança do animal. Conseguiu o que parecia impossível a quem tinha mãos leves

e pequenas. Dora chegou perto do animal que fungava para ela mostrando que tinha um temperamento tão forte quanto o dela.

_Muito bem, então é assim que você faz todos que tentam domá-lo, não é? Sente medo? Pois não fique, eu não vou te fazer mal, ao contrário, eu quero ser sua amiga. – com palavras carinhosas e gestos calmos foi conseguindo chegar perto dele.

O animal balançava a cabeça batendo a pata dianteira no chão.

_Eu não quero domá-lo. – disse suavemente – Eu quero você assim mesmo do jeito que é.

Dora aproximou-se do animal não tirando os olhos dele, com muita calma estendeu sua mão acariciando a cara do animal, ele não reagia, ao contrário, demonstrava que estava gostando de sentir aquela mão feminina e macia sobre o seu pescoço. Sentindo confiança, Dora foi acariciando cada vez mais longe o corpo do animal até chegar perto da sela, segurou-se nela e subiu.

Os empregados da fazendo estavam todos olhando a façanha de Dora, admirados com o feito dela e da reação do animal. Ela puxou a rédea do animal para a direita e saiu galopando para o delírio de todos.

_Essa menina é o demo. – dizia um dos mais velhos funcionários da fazenda de seu pai.

Dora sempre foi muito dominadora, tinha o gênio forte do pai que comandava a fazenda como um negócio qualquer, tinha mãos de ferro para isso.

Dom João, como era conhecido, filho de imigrantes portugueses, que chegaram ao Brasil no começo do século vinte. Casou-se aos dezenove anos. Construiu sua fortuna plantando vários acres de café. Tornando-se um dos maiores exportadores do produto. Com a crise mundial, teve que se adaptar, fez varias modificações na fazenda mudando o cultivo de café para o de laranja. Novamente teve muito êxito no seu projeto, tornando logo um exportador. Construindo um verdadeiro império, mandara sua única filha estudar fora do país aos vinte anos.

Dora fez frente ao pai ao domar um cavalo selvagem que nem ele mesmo conseguira
domar.

_Agora ele é seu Dora. – disse seu pai quando ela voltava da cavalgada. – Eu ia devolvê-lo, mas vejo que você conseguiu um feito inédito para alguém de seu porte e idade.

Dora sempre quisera a aprovação do pai em tudo, queria compensá-lo pela falta de um filho homem que nunca tivera.

Ele virou as costas para ela saindo sem deixar que ela dissesse algo.

_Pai! – chamou por ele que não lhe deu atenção.

Dora desceu do animal acariciando seu pescoço, correu para seguir o pai na escada. Na imensa sala de estar muito bem decorada pela mãe. Dora caminhava sem dar importância à linda tapeçaria portuguesa pendurada na parede que os pais trouxeram em viajem de uma segunda lua de mel. A sala tinha dois ambientes, com um belíssimo bar era bem mais formal. O outro era para conversas de senhoras quando os homens bebiam sentados na cadeira de couro junto a vários tipos de bebidas.

_Pai espera. Eu preciso falar com você.

Ele voltou-se para ela dizendo em tom áspero:

_Amanhã mesmo você vai partir para a escola que a sua mãe queria que você estudasse.

_O que o senhor está dizendo?

_É isso mesmo o que você ouviu. Vai partir para a Suíça amanhã cedo.

_Pai, o senhor não pode estar falando sério? – ela olha para o pai que não altera sua fisionomia, sabendo que o pai não mudaria de ideia, tenta relutar. – O senhor não pode fazer isso!

_Não só posso como já fiz.

Ele caminhou em direção ao quarto que anteriormente ocupava com a esposa. Chegou até a cômoda do século dezoito que a mãe de Dora tinha adquirido num antiquário nos Estados Unidos. Pegou uma passagem entregando a filha.

_Aqui está sua passagem.

Dora não estava acreditando que o pai dizia a verdade.

_Só de ida?

_Dora você vai para estudar, não a passeio. Vai demorar a voltar. Quando isso ocorrer eu mando te buscar.

_Demorar quanto?

_Não se preocupe. Você vai terminar um curso que sua mãe antes de falecer deixou tudo preparado. Ela já fez até a matrícula. Como vê tudo já estava bem planejado por ela.

_Não acredito pai que você vai fazer isso comigo! Como pode me afastar de você? – Dom João não respondia, apenas olhava para a filha com o olhar duro. - Logo agora que eu consegui domar o trovão?

_É para o seu bem. Você não deveria ter feito o que fez. Aquele animal é muito grande para você, não vai conseguir dominá-lo só porque conseguiu montar nele uma vez.

Dom João saiu do quarto sem esperar pela resposta.

Dora sentou na cama, passou a mão sobre a colcha de lã de carneiro que a avó trouxera de Portugal.

_Mãe, porque fez isso? Eu quero ficar na fazenda, não lhe prometi que ia cuidar do pai?

Como vou cumprir essa promessa agora? Você sabe que ele não dará conta de tudo sozinho.

Dora sabia que não era bem verdade, seu pai sempre fez tudo sozinho apenas acompanhado pelos mais fiéis e competentes empregados. Olhando para fora da janela que dava vista para o jardim, ao longe o campo se estendia, uma falsa seringueira ficava bem no alto de uma pequena montanha, tinha uns vinte metros de altura, toda imponente e solitária, "exatamente como eu".Pensava melancolicamente. Sentia o doce perfume que a mãe usava, a base de rosas. O imenso guarda roupas que ocupava toda a parede de madeira nobre, em estilo antigo como os pais gostavam, ainda guardava as roupas que fora da mãe, seu pai não quis se desfazer de nada, muitas vezes Dora o viu chorando a perda da esposa. Junto ao altar de nossa senhora de Fátima, santa devota de sua família, passando de geração a geração.

Dora chorava, não poderia contrariar o pai, a ordem dada não voltava atrás. Na manhã seguinte estava de partida como ordenado. Seu pai despediu-se na fazenda mesmo, quem a levou ao aeroporto foi o capataz Jonas. Ela estava em silêncio. Na fila para o cheque-in, Dora olhava as famílias viajando juntas e contentes, ao contrário dela, saia do país contra sua vontade, ia para um lugar onde não conhecia ninguém. Foi nessa solidão que viveu por longos seis anos. Voltou para casa quando o diretor da lhe comunicou o falecimento de seu pai.

Dom João faleceu naquele ano de inverno rigoroso. Sua saúde estava debilitada há alguns anos, depois da morte da esposa ficou pior. Sentia-se solitário e a falta que a filha fazia era preenchido com mais trabalho. Assim que terminou os estudos voltou para casa. Estava arrasada por não ter estado em casa quando o pai precisou dela. O diretor avisou-a da morte do pai, sabia que não chegaria á tempo para o enterro, o capataz e amigo fiel de seu pai, encarregado de cuidar da fazenda até que ela retornasse.

Uma das paixões de Dom João eram os cavalos. Dora aprendera com o pai a cuidar deles. Quando começou a cuidar da fazenda sozinha, tomou para si essa paixão pelos animais. Criava matriz vendendo o esperma do seu puro sangue, aperfeiçoando a técnica comprada por seu pai. Trovão era o maior reprodutor, ele e orquídea formavam um ótimo par. Sua potranca preferida era usada apenas para essa finalidade. Não estava a venda nem por todo o dinheiro do mundo.

Dora conseguia bons potrancas, ficou conhecida como a dona do 'coração puro sangue'.

Dora ignorou tudo o que os empregados diziam do animal. Dom João foi chamado para ver sua filha querendo domar um animal que não se deixava dominar. Sabia que ela queria provar que era capaz. Foi até a pista, ficou observando a filha acariciando o pescoço do animal até conseguir subir no seu lombo. Ao vê-la galopando pela propriedade um sorriso se fez no canto da boca de puro orgulho.

Dom João apreendeu com a vida a ser duro, não suportava vê sua única filha caindo nas garras de certos malandros.

Aos trinta anos, mulher madura, sabia muito bem o que era desilusão no amor. A sua primeira desilusão foi a que mais marcou sua adolescência. Eduardo era um homem do tipo bonito e cafajeste.

Dom João não gostava do rapaz, apenas gostava do seu trabalho, mas, ia se arrepender depois. Dora apaixonou-se perdidamente por ele, quando Dom João soube do envolvimento de sua filha com o empregado, mandou-o embora. Queria provar ao pai que não era mais uma criança, estava se tornando uma mulher muito bonita e desejada. Os dois tiveram uma discussão sobre o romance de Dora.

_Aquele homem não serve para você Deodora.

_Pai só porque ele é pobre?

_Você sabe que não é isso.

_O que é então?

_Ele não lhe falou nada sobre sua vida, falou?

_Contou tudo o eu precisava saber.

_Então já deve saber que a esposa está para ter um filho no mês que vem? Dora ficou atônita com o que disse seu pai. Não soube o que responder.

_Como eu suspeitava Dora. – Dom João serviu-se de uma taça de vinho – Filha você tem muito que apreender em matéria de homens. Acho que você é melhor como fazendeira.

_Você não pode despedi-lo.

_Já despedi. Com o tempo você vai saber que foi melhor assim.

Dora tinha que dar razão ao pai, quando foi falar com Eduardo, sentia que era muito inexperiente no assunto. Ele estava fazendo as malas.

_Oi amorzinho! – disse ele todo sorridente ao vê-la chegando. – Eu vou ter que ir a capital para me inscrever no rodeio.

_Sei!- respondeu sabendo que ele mentia.

Eduardo chegou perto dela, colocou as mãos sobre o ombro de Dora, levantou o queixo dela perguntando:

_Aconteceu alguma coisa?

_Não, nada!

_Não fique assim, eu volto logo. Nada vai nos separar.

_Será mesmo?

_Eu sei que seu pai quer que você vai para o exterior. Mas eu vou continuar aqui e cuidar de tudo até a sua volta.

_Por que está mentindo para mim, Edu?

_Não estou! Olha aquela mal, esta pronta para a viajem.

_Você vai embora...

_Não vou não. Alias vou precisar daquele dinheiro que você me prometeu. Vou dizendo que é apenas um empréstimo. Vou precisa dele para fazer a inscrição no rodeio.

Eduardo não era tolo, sabia que algo estava errado, tentava ludibriar a conversa com Dora para que ela lhe desse o dinheiro que precisava.

_Eu vou ganhar aquele troféu, vou trazer ele aqui e colocá-lo aos seus pés. Vou ser muito famoso. – ele chega perto dela fungando no pescoço de Dora – Vou te cobrir de joias, te dar tudo o que você quiser.

_Eu tenho tudo o que eu quero.

_Não precisa me humilhar.

Ele a soltou voltando sua atenção para a mala, onde colocava as roupas dobradas.

_Por que nunca me contou que era casado? Eduardo fulminou Dora com o olhar.

_Quem lhe disse isso? – sua voz estava alterada

_Não interessa. – respondeu dando de ombros

_Foi aquele velho demônio do seu pai, não foi? Ele está te envenenando contra mim. A fisionomia de Eduardo estava transformada, nem parecia o mesmo.

_Não fale assim do meu pai seu grosso.

_Foi ele quem colocou essas maluquices na sua cabeça, você não seria capaz de descobrir isso sozinha.

_Você não imagina do que sou capaz.

Eduardo não imaginava que tudo fosse acabar daquele jeito. Não queria perder a 'pata dos ovos de ouro', como ele a chamava.

_Você não vê meu amor, o que seu pai esta tentando fazer? Ele quer no separa porque sabe que sou pobre. Mas quando eu ganhar aquele torneio você verá como ele vai me recebe de braços abertos.

_Nunca imaginei que você fosse ser tão cínico, vai continuar a negar que tem uma esposa e que ela espera um filho seu? Vai negar o filho também?

Dora estava de braços cruzados, olha nos olhos dele encarando com altivez. Eduardo cheio de fúria partiu para cima dela.

_Eu não tenho filho nenhum. Seu pai inventou essa vagabunda para nos separar, não enxerga isso sua burra? Eduardo gritava.

_Não me chame de burra.

_Você é igual aquele velho maluco.

_Não fale assim do meu pai.

_Eu falo como quiser, acha que manda em mim?

_Você não vai falar como quiser, aqui sou eu que mando. Você é apenas um empregado.- Dora apontava o dedo para ele gritando tanto quanto ele.

Eduardo não pensou duas vezes, deu um tapa no rosto dela provocando sua indignação. Ofendida partiu para cima dele, atônito com a reação dela, Eduardo levou uma surra, nunca soube que Dora conhecia artes marciais. Foi jogado para longe dela.

_Jonas! – gritou Dora para o capataz

Assim que o homem apareceu lhe disse em tom firme vendo-o no chão com a mão na boca sangrando:

_Leve esse traste para fora da fazenda e jogue no lixo.

Jonas obedeceu segurando no braço dele. Eduardo puxou o braço, pegou a mala ameaçando Dora.

_Se eu te encontrar na rua, não passe na mesma calçada. Você não é digna de andar no mesmo lado que eu e a minha esposa. – sorria ao completar sua frase. – Você é burra demais.

_Eu fui burra mesmo em gostar de um lixo como você. Mas meu pai me abriu os olhos há

tempo.

Eduardo saiu da fazenda e da vida de Dora para nunca mais voltar.

RUTE LOMBANO

CAPÍTULO II

Morando e estudando na Suíça, conheceu um mais intimamente seu professor, Bred, era o seu nome. Depois de completar vinte e um anos, Dora casou-se contra a vontade do pai com Bred. Ele era um gentleman em pessoa, seu único e maior defeito era fretar com todas suas alunas.

_Tenho que aproveitar o que a vida tem de melhor. – dizia para se justificar.

O casamento durou um ano, sozinha novamente, pensava somente nos estudos até conhecer Estevão, era um homem quieto, inteligente, estava fazendo mestrado em física quântica. Dora nem sabia direito o que era isso. Ele adorava os livros, ficar em casa com um deles nas mãos era o seu passatempo preferido, ou então degustar um bom conhaque. Aquele relacionamento não durou muito, seis meses foi o limite de Dora, para aturar aquele tédio. Seu temperamento explosivo e inquieto não era compatível com a calmaria de Estevão.

À volta para o Brasil por causa da morte do seu pai foi o ponto final para a relação acabada. Deixou Brad com as aulas para suas jovens alunas e Estevão para a uma bibliotecária fanática por física quântica.

Magoada e triste por saber que estava sendo traída, decidiu escrever para Jonas, pediu que lhe preparasse tudo para que ela assumisse o seu lugar na fazenda.

_Onde está o meu cavalo Chico? – disse chegando no estábulo.

Dora vestia uma roupa impecável, uma linda calça bege de sarja, uma blusa escura e uma bota preta de cano alto. Ajeitava seu chapéu enquanto falava com o rapaz.

_Estou terminando de selar o trovão patroa.

Dora voltou-se para ele vendo que ainda não tinha posto o arreio no animal que se debatia eufórico para galopar.

_Me dê isso aqui. – chegou perto do cavalariço tomando-lhe a sela das mãos. – Deixa que eu faço isso sua lesma.

O rapaz ficou transtornado, não sabia nem onde colocar as mãos agora vazias.

_Já aprontou a princesa como lhe ordenei?

_Vou agora mesmo. – disse saindo

_Se o dono dela chega e não estiver alimentada e pronta, vai pro olho da rua, ouviu?

_Sim...Senhora! – respondeu todo medroso

_O que ficou fazendo todo esse tempo?

Chico não respondeu, apenas olhou para ela com ar de culpa de quem estivera dormindo ou não fazendo nada, mesmo sabendo que tinha algo para fazer.

Dora montou trovão e foi encontra-se com Jonas.

_Jonas quero falar com você sobre o Chico.

Jonas estava dando ordens aos apanhadores de laranjas contratados por ele.

_O que tem ele patroa?

_Não está cumprindo com os seus deveres, dorme muito, não faz nada. Arrume outra pessoa para ocupar o lugar dele.

_Muito bem! Mas e quanto ao pobre?

_Deixe-o como ajudante do novo cavalariço.

_Deixe-o como ajudante do novo cavalariço.

_Pode deixar senhora que hoje mesmo eu vejo isso.

_Obrigada Jonas. Eu conto com você.

Jonas fora o braço direito de Dom João, agora era o de Dora, ela sabia que podia contar com ele e logo tudo estaria resolvido.

Viver sozinha naquela casa imensa não era problema para ela, o dia tinha sido de muito trabalho, com a chegada de Jonas da capital, Dora foi para a cozinha, o seu lugar preferido, para falar com ele.

_E ai Jonas, o que tem pra contar?

_Fiz o que a senhora me pediu, contratei um rapaz muito inteligente, achei até demais da conta. – respondia ele com um forte sotaque do interior.

_Ele dá conta do recado?

_Com certeza! Ele me pareceu ser bem instruído, deve ter estudo, fala muito bem.

_O importante é que ele trabalhe melhor do que o dorminhoco do Chico.

_Quer vê-lo agora?

_Não precisa, confio no seu julgamento.

_Há propósito! O senhor Camargo chegou, está na sala te esperando.

_Já?

_Acho melhor você ir falar com ele, não deixe o homem esperando.

Dora largou a xícara de café que tinha nas mãos, ajeitou os cabelos louros e cacheados, eles chegavam até a sua cintura.

_Como vai Dora? – disse um homem corpulento com o rosto rosado, atrás dele seu filho Guilherme, era veterinário, sabia tudo sobre os animais de Dora.

_Muito bem senhor Camargo. Oi Guilherme.

_Olá Dora.

_Podemos ver sua potranca?

_Claro! Vamos até o estábulo, o Chico já a preparou.

Os dois homens seguiram Dora. O senhor Camargo admirou-se com todo o cuidado com os animais, as baias limpas, comida de boa qualidade e água fresca à vontade. Animais bem tratados e escovados.

_Dora, - ia dizendo ele – que belos animais você tem aqui.

_Obrigada.

_Qual o nome desse maravilhoso potranca vermelho aqui?

_Esse eu ainda não tinha visto Dora.

_Ele chegou há pouco tempo. É o Andaluz.

_O meu velho amigo Dom João se visse tudo isso teria o maior orgulho da filha.

Dora não respondeu, ficou emocionada com o que ele dissera. Enquanto Guilherme examinava a princesa, os dois conversavam sobre negócios.

_Nem vou discutir a fortuna que você está pedindo por ela porque estou vendo que vale cada centavo.

_Ela é filha do trovão e da orquídea. Não poderia sair animal melhor.

_Bom, se o meu filho está dizendo eu assino embaixo. – o senhor Camargo estendeu a mão para Dora que segurou selando o negócio. – Negócio fechado.

Dora sorria para ele respondendo:

_Vou chamar o Chico para levá-la ao seu caminhão.

_Ele está estacionado bem na frente da sua casa. Dora chama o cavalariço para transportar a princesa.

_Leve com cuidado Chico.

_Guilherme cuide do transporte que eu vou acertar as contas com a Dora. Ele acompanha Dora de volta a casa grande.

_O senhor aceita uma taça de vinho ou outra bebida?

_Se não for pedir muito, você ainda fabrica aquela branquinha?

_Claro! O Jonas é o especialista, ele e o filho ainda fazem tudo artesanalmente como no tempo do meu pai.

Enquanto falava, Dora abria uma prateleira tirando duas garrafas brancas de aguardente.

_Está aqui é um presente. – disse entregando a garrafa ao homem

_Obrigado filha! Vou guardar com carinho.

Dora entregou o copo cheio para ele quando Guilherme entra.

_Filho, chegou na hora de brindarmos. Dora entrega um copo para Guilherme.

_Eu vou aceitar com todo prazer.

Os três levantam os copos brindando.

_Ao futuro.

Todos respondem, num gole só tomam, Dora tomou aquela bebida fazendo uma careta peculiar. O senhor Camargo sorria enchendo novamente o seu copo. Guilherme recusa assim como Dora.

_Você manteve esse local tudo do mesmo jeito que sua

estimada mãe deixou. – disse ele olhando ao redor.

_Ela sempre teve bom gosto, não havia razão para mudar.

_Isso é verdade. Ela sempre convidava minha esposa para ir aos antiquários, eu olhava para o seu pai vendo o meu bolso se esvaziar. Ele não ligava, mesmo sendo tão muquirana, com ela, ele era um doce.

_Porque sabia que ela sempre conseguia as melhores peças pelos melhores preços.

_Aquele par de vasos ali naquela prateleira, - disse apontando – foi leiloado da família Correia Silva, que moravam no antigo solar da fazenda água-viva.

_É uma pena que a casa esteja em ruínas.

_Ela foi abandonada há muito tempo. A propriedade deles fica colada a sua Dora.

_Fiz de tudo para encontrar o filho e não encontrei. – falava seu Camargo colocando o copo na mesa.

_Que fim será que levou?

_Como vocês, ele também foi estudar fora do país. Voltou quando o pai foi à falência. Depois disso desapareceu e não retornou mais ao solar. Cheguei a procurar por ele para comprar a fazenda. Assim eu a daria para o Guilherme, juntaríamos as duas, mas não o encontrei.

_É uma pena. A propriedade deles é tão grande quanto a nossa, eu poderia ter uma criação de cavalos.

_É ia se desfazer do laranjal? Perguntou espantado.

_Não isso nunca. Era o orgulho do meu pai. Depois da recessão do café, ele se ergueu com a produção de laranja. Mas, eu minha paixão são os cavalos.

_Você se deu bem nesse ramo. Continue.

_É verdade cera. Você se deu muito bem na administração da fazenda, e sozinha. Agora se aventuras no ramo de animais puro sangue e está indo muito bem. Um amigo meu que comprou um dos seus potrancas fez o maior elogio.

_Fico feliz que a repercussão esteja favorável.

_Bom precisamos ir. – ele tomou um gole de sua pinga, pegou a mão de Dora saindo. O filho fez um menino.

_Até mais Dora.

_Até mais Gui.

_A pareça para ver como está se saindo a princesa.

_Pode deixar que vou sim.

_Não precisa nos acompanhar.

_Até mais então!

Eles estenderam os braços saindo.

Dora pegou a bolsa com o dinheiro, foi até o quarto do pai, atrás da pesada cômoda ficava o cofre da família, Guardou todo o dinheiro.

Não era sempre que pegavam em dinheiro, o cofre estava cheio, precisava ir ao banco. Não confiava em ninguém pra fazer isso nunca contou a ninguém que tinha um cofre em casa. Deixou tudo no mesmo lugar e saiu, tinha que ir até a plantação ver como estavam indo, o administrador tinha lhe dito que uma praga tinha chegado à fazenda e terá que derrubar algum pés para não prejudicar os outros.

Ao chegar no estábulo encontrou Chico limpando a baia onde estava antes a princesa.

_Chico o trovão está pronto?

_Sim patroa.

_Eu não estou vendo ele. Onde você o colocou?

Aquele moço que está trabalhando levou ele para ser escovado, ele deu um banho no animal e deixou-o amarrado lá fora.

Dora gostou da iniciativa do rapaz, dirigiu-se para onde estava o seu cavalo. Não viu ninguém com trovão, pegou as rédeas do animal, saiu galopando quando as coisas caminhavam perfeitamente bem. Andava pela plantação procurando o administrador, não o encontrou, ele estava no galpão supervisionam a lavagem das frutas.

_Bom dia Antônio.

_Bom dia Dona Dora.

_E a praga foi controlada?

_Ainda não totalmente.

_E o que vamos fazer?

_Eu contratei um agrônomo. Deve chegar hoje.

_Muito bem, quando ele chegar leve-o até mim.

_Claro

Dora ficou ali vendo as papeladas para a importação das frutas para a fábrica de sucos.

O contrato feito por seu pai. Com essa empraza, levou-os a exportar para países da América Latina, queria chegar aos Estados Unidos e Europa. Se Sentada à mesa que tinha sido de seu pai todos os papéis que colocavam na sua frente, aprendeu com pai nunca assinar nada sem entes de ler tudo com atenção, não adiantava ninguém ter pressa disso ela não abria a mão. Sabia tudo, o que se passava naquela fazenda, quantos pés de laranja tinha, conhecia cada empregado, onde moravam e quantos eram em cada casa. O pai lhe ensinou tudo entes de ir ao anterior, desde de pequena, acompanhavam o pai na lida com o trabalho na fazenda. Não tinham a paciência da mãe para bordados e tico, gostava de ar livre, de aventura, quando soube que tinha um animal novo na fazenda que era xucro ainda e ninguém tinha conseguido domar o animal quis fazer como num filme que assistiu sobre um homem que dominava os animais apenas falando tratando elas como ser de inteligência. Correria o risco de não conseguir, mas seria a determinação do pai nos olhos. Voltou para a fazenda na hora do almoço, deixou trovão solto em frente a casa e entrou Ana tinha posto a mesa onde ela almoçaria com Jonas e o Antônio. Assim que lavou as mãos foi ao encontro deles.

_Estou faminto Ana. O que temos hoje?

_Sente-se filha – dizia a senhora negra que estava com a família dês da juventude - Eu fiz a salada mista que você gosta, bolinho de carne moída, arroz e legumes, feijão, salada verde, abobrinha recheada, carne assada com batata e para a sobremesa pudim de laranja com sorvete o seu favorito. O suco está bem fresquinho espero que tudo esteja como você.

_Obrigada Ana, tenho certeza que esta. Agora quero. Agora quero dizer para não desperdiçar comida. Você ainda faz tudo como se meus pais ainda estivessem aqui.

_Não se preocupe, eu não desperdice nada eu e as meninas aproveitavam tudo. Nunca sobra para a noite e sempre comida feita na hora.

_Você é a melhor no que faz.- elogiou Jonas.

Todos sabiam da queda por Ana desde que ficava vários, ele acompanhava o pai desde jovem, como todos na fazenda, seu pai sempre soubera conservar e contratar os empregados, eles erram. Bem tratados desde que trabalhasse direito, não gostava de gente preguiçosa. Todos conheciam Dora desde que nasceu.

Depois do almoço na hora da sobremesa, eles discutiram os assentos da fazenda, Jonas tomava na xícara de café enquanto Dora e Antônio comiam o pudim. Os assuntos eram colocados para aprimorar o que estivesse errado. O assunto do dia era a praga que atingia a plantação. Estavam na espera do agrônomo, o anterior tinha se aposentado.

Dora lidava com todos os tipos de problemas, o início que nunca conseguiu resolveu foi o lado pessoal, seus pais mesmo tendo tido apenas ela de filho eram muito felizes, os dois de completavam, um não ficava sem o outro. Era aquele tipo de amor que queria e nuca tivera, naquela noite saiu com o seu jipe para curtir a noite na cidade, rever os amigos e namorar em pouco, queria deixar um pouco a rotina e aproveitar a vida. Encontrou com as amigas Mariana e Michele. Beberam, dançaram, cada uma saiu com um "gato" como chamavam os rapazes. Dora fez o que nunca deveria ter feito, levou-o para sua casa e o pior para sua cama. Tinha bebido o bastante para não se lembrar nem o nome daquele rapaz que estava em sua cama.

Com tremenda dor de cabeça acordou, espreguiçava, esticando os braços quando se dá conta que alguém estava ali ao seu lado, olhou vendo Ivan dormindo a sono solto. Levantou-se devagar para não acordá-lo, ele se mexeu, mas não acordou. Tomou seu banho, vestiu-se saindo para tomar seu café.

_Bom dia, Dora. A mesa já está posta.

_Obrigada querida. – deu um beijo na bochecha daquela senhora, ia caminhando para a sua refeição quando se volta dizendo: - Ana!

_Sim?

_Por favor, não arrume meu quarto agora.

_Por que? – perguntou não entendendo.

Dora sem jeito de dizer o "porque", pensava um pouco, ela considerava muito aquela senhora como sua mãe, a respeitava e muito para não lhe dar explicações.

_É que, por favor, não me julgue mal, é que tem...como eu posso dizer...

_Dora Regina, não acredito que você trouxe um homem

para dentro dessa casa. Dora corou olhando sem jeito para ela.

_Meu Deus! Onde estamos? Sua mãe e seu pai o que diriam?

_Ai, eu sei que eles não aprovariam, mas eu não sou mais criança. Saiu deixando a velha senhora resmungando.

_É por isso que não está vestida para cavalgar, menina tola.

Dora sentou para tomar seu desjejum preocupada com sua atitude, estava sentindo raiva de si mesma por ter sido tão burra, mal conhecia Ivan, eram apenas amigos de balada e agora ele estava ali instalado na sua cama confortavelmente, batia na cabeça dizendo:

_Burra, outra vez burra.

Saiu da mesa quase sem tocar nas delicias preparadas por Ana. Andava de um lado para o outro na sala pensativa, olhou para o retrato dos pais na parede dizendo:

_Não me olhem assim, pai, mãe, por favor. Preciso que me ajudem, me dizem o que fazer.

_Você costuma falar sozinha?

Assustou-se virando para Ivan que entrava na sala apenas vestindo sua cueca. Chegou perto dela abraçando.

_Isso me assusta!

_Solta Ivan. Onde você pensa que está para andar assim? – Dora se solta dos seus braços.

_Que isso querida, só estamos nos dois. Eles não vão brigar com você. – referia-se aos pais dela no retrato.

Dora não aguentava que falassem dos pais com tom de provocação.

Ivan não respondeu dirigindo-se à mesa para tomar seu desjejum, comia como se estivesse morto de fome. Ela olhava para ele com raiva de si mesma, sabia que ele era muito bonito, moreno de olhos castanhos esverdeados, porte atlético do tipo "gostosão", era tão vazio por dentro como uma concha vazia, às vezes intendente que Dora se aborrecia facilmente de sua conversa com ele.

Estava se vestindo para cavalgar quando Ivan entra, calçou a bota sem olhar nos seus olhos que se joga na cama, detestava essa intimidade dele, se achando o dono do lugar, bufou terminando de fecha a bota.

_Aonde vai? – perguntou

_Tenho coisa a fazer e outra para ver.

_Vou com você.

_Não, você não sabe andar a
cavalo, só ia me atrasar. Dora
saiu do quarto deixando-o
sozinho.

_Vou mostrar a você boneca. – gritou ele "boneca é a sua vovozinha, seu retardado". Resmungou Dora.

Chico estava sentado escovando a pata traseira de trovão quando ela entra no estábulo.

_Apronte-o logo que eu vou sir.

_Mas, falta muito para terminar.

_Não tem importância, termina depois.

_Porque falaram que você não ia sair com ele hoje.

_Faça logo o que estou mandando garoto. – vociferou zangada, odiava ser contrariada. Chico sempre tão tímido morria de medo da patroa, foi logo atender o seu pedido.

_Onde está o novo funcionário? Eu não o vejo nunca aqui.

_Ele foi arrumar a bomba de água que não está funcionando direito.

_Qual o defeito dela?

_Não está bombeando água para os coxos dos animais.

_E quando começou esse problema?

_Faz algum tempo que a bomba está assim, saindo pouca água.

_Espero que ele saiba o que está fazendo, não quero outro curioso por aqui.

_Ele sabe muito patroa, esteve dando boas ideias ao senhor Antônio sobre o combate a praga das laranjas, uma solução simples e muito boa.

_Já vi tudo, ops, cara já ta se achando.

CAPÍTULO III

Chico terminou de selar trovão, Dora pegou as rédeas da sua mão saindo a todo galope. Cavalgou pela propriedade falando com os funcionários, alem da laranja existia um grande pomar com diversas frutas para o consumo da própria. Olhava a cerca se estava tudo em ordem, a propriedade dos Baratas, criavam gados e às vezes os animais derrubavam as cercas passando para o lado de sua fazenda estragando as plantações. Estavam em ordem, galopou até o outro lado, a fazenda dos Correia e Silva estava cheia de mato. Dora parou para olhar o descaso, a propriedade estava longe da beleza que antes tivera, muitas árvores inúteis cresciam ao longo dos anos, continuou andando, a casa grande estava bem no meio da propriedade, estava se deteriorando. Era do mesmo estilo que a de sua fazenda, a cor coral desgastada, as janelas quebradas, olhava tudo com tristeza; procurou por Antônio, não o achando, voltou para o estábulo, não podia deixar Ivan muito à vontade na sua casa, queria que ele fosse embora. Quando chegava viu dois homens discutindo em voz alta. Os dois se encaravam, reconheceu Ivan, mas não sabia quem era o outro homem que vestia calça jeans, camiseta branca era bem mais forte e bem mais alto que Ivan.

_O que está acontecendo aqui?

Chico chegou se aproximando dela segurando as rédeas para que ela descesse;

_Ele não quer me deixar pegar um cavalo, eu queria ir com você, não lhe disse? Ivan chegava perto dela a intimando.

Que cavalo você queria? Qualquer um, tem vários aqui.

Ivan, você não sabe cavalgar, pode se machucar. – Dora falava e olhava para o sujeito que segurava outro lindo animal seu, um reprodutor.

_Eu sei sim e, ia mostrar a você. Esse cara que é apenas um empregadinho não deixou que pegasse o animal.

_Olha aqui seu moleque, o Orion não é um animal qualquer, é um campeão e tem que ser muito bem tratado. Dora descobriu que aquele homem lindo e maduro que estava a sua frente falando zangado era seu empregado.

_Pode deixar que eu cuido disso. – falou Dora segurando Ivan que queria partir para briga.

_Eu não vou deixar esse cara me chamar de moleque e ficar por isso mesmo.

_Não seja teimoso Ivan, ele só esta fazendo o trabalho dele. O Orion é muito arisco, mas você dá conta, agora o trovão pode te derrubar assim que você montar.

_Eu vou provar para você que sou capaz.

_Ivan não precisa provar nada.

O cavalariço levou Orion e trovão para suas respectivas baias, Ivan pegou as redes da mão de Chico empurrando-o, Dora saiu em defesa do rapaz quando Ivan subiu no trovão, ele foi jogado ao chão logo em seguida, mas Ivan não desistia, deu vários tapas no dorso do animal, subindo novamente deixando todos indignados.

_Se me derrubar de novo seu animal estúpido eu te mato. Dora revoltada com a atitude dele com o seu animal empurrou-o impedindo-o de subir novamente.

_Você não vai machucar o meu trovão, nem outro animal qualquer. Leve-o para dentro Chico.

O rapaz obedeceu prontamente, Dora seguia em direção a sua casa seguida por Ivan que estava cheio de raiva. Ao entrarem passando pela porta da sala, Ivan a puxou pelo braço.

_Nunca mais me humilhe na frente de outras pessoas. Você e aquele animal estúpido não vão me fazer de tolo.

_Trovão é o meu melhor reprodutor eu o adoro, não ouse tocar num pelo dele novamente. Agora vai embora da minha casa.

_Você não pode fazer isso. – Ivan falava mansamente – Por que gata? Não faça isso conosco.

_Você não me deixa escolha Ivan.

_Eu sei que me exaltei um pouco, mas isso não pode acabar com tudo, a noite passada foi maravilhosa, eu nunca pensei que pudesse amar assim.

_Muito bem Ivan. Vou lhe dar apenas uma chance.

_Pode deixar que eu vou me comportar.

Ele a puxou pela cintura, estava preste a beijá-la quando Ana entra anunciando o almoço.

_Obrigada Ana, nos já vamos!

Ana não respondeu como de costume, virou as costas e saiu.

_Vamos, ela não gosta de atrasos.

_Por acaso ela é sua mãe?

_Quase isso! Ana cuida de mim desde que nasci. Minha mãe não tinha muita experiência quando se casou com meu pai.

Ao entrar na sala de jantar Dora teve uma surpresa

ao ver o novo cavalariço sentado ao lado de Jonas, Antônio estava sentado do outro lado da mesa, ambos conversavam animadamente, pararam assim que ela entrou com Ivan.

_Senhores! – disse

Eles se levantaram, Jonas puxou-lhe a cadeira pois estava sentado ao seu lado. Ivan não tinha essas formalidades, nem esperou que Dora sentasse primeiro foi logo se servindo de um enorme pedaço de peito de frango, Dora olhava a cara de reprovação de Ana e dos demais que fingiam não ver.

_Dora eu queria dizer, - adiantava-se Jonas – ou melhor, justificar a presença do Tobias na mesa.

Dora olhou para ele que apenas mexeu com a cabeça, ele estendeu a mão.

_Prazer Tobias!

_Prazer Dora! -Segurando a mão oferecida.

_É dona Dora pra você. – disse Ivan com boca cheia de frango.

_Você está fazendo um ótimo trabalho com os animais.

_Ele é muito bom Dora, tanto quanto você. – Jonas dizia em sua defesa.

_Ele deve ser melhor no tratamento de animais porque com as pessoas é péssimo.

Ninguém dava importância ao que Ivan dizia. Apenas

Dora percebia que Tobias não dizia uma única palavra. Ana servia junto com Ivete o almoço, o único que pegava e não demonstrava nenhuma educação era Ivan, que parecia um troglodita da idade da pedra.

_O que é isso? – perguntou ele para Ivete que ia servi-lo.

_Quiabo com carne desfia, senhor.

_Eca! Eu tenho nojo disso. Só de olhar me dá náuseas, o que mais tem na mesa?

_Lasanha de berinjela, salada mista e salada verde. O que o senhor prefere?

_E aquilo ali? – disse apontando – O que é?

_Suflê de chuchu com queijo.

_Meu Deus! Não tem carne nessa casa não?

_Peixe frito, o senhor quer? Foi pescado aqui mesmo na nossa lagoa...

_Peixe? Eu só como salmão ou bacalhau. Ah! E camarão também. Tem?

_Não senhor, é ...- antes que ela terminasse Dora interveio.

_Coma o que tem Ivan, se não quiser melhor.

Ele fez uma careta e recusou tudo, devorou quase todo o frango, deixando as batatas e as cenouras na travessa. Dora estava sem jeito com as maneiras nada educada dele. Ana demonstrava que não estava gostando nem um pouco da presença dele na casa, não foi fácil tratar dos negócios com Ivan sempre interrompendo, Dora encerrou a conversa, sabia que nem tudo estava decidido. Ana pediu a Ivete que servisse o café e a sobremesa.

_O que é isso?

_O senhor não sabe comer sem reclamar? – Ana estourou com Ivan – Ivete, filha serve a mesa sozinha, por favor!

Saiu sem dizer mais nada. Diante do olhar de reprovação de Dora, ele se justifica fazendo cara de coitado.

_Ela ainda não me disse o que era.

_Pavê.

_Até que fim uma coisa que eu gosto. Jonas deixou a xícara de café quando Tobias disse:

_Não obrigada! Com licença eu preciso voltar ao trabalho se não forem mais preciso de mim.

_Obrigado, com licença.

_Eu vou com você:- Disse Jonas Antônio acompanhou os dias depois de devorar o seu doce.

_Viu o que você fez?- Dizia Dora zangada.

_O que foi?

Dora não respondeu apenas olhava para ele devorando quase o pavê, esticou o braço falando:

_Bom, agora eu vou descansar um pouco, ta bom queridinha.- Deu um beijo no rosto de Dora saindo uma direção ao quarto. Ainda estava sentada refletindo quando Ana chega para apanhar os pratos. Dora olhou para ela.

_Por favor, Ana, não me julgue.

_Eu? Não vou fazer isso por que você mesma já esta fazenda. Dora colocou as mãos sobre a cabeça ouvindo Ana retrucar.

_Quando o grotão vai embora

_Hoje ainda.

_Espero que sim. Para o seu próprio bem-estar Dora. Liga o meu conselho filho. Dora teria que dar um jeito na situação não gosto da atitude de Ivan, saiu para caminhar, precisava pensar, refletir sobre o que queria fazer da sua vida. Olhava as flores do redor da piscina e sorria, lembrava da mãe que não deixava ela tirar uma flor nem para colocar as flores se multiplicarem. Por mais que andasse pela propriedade sempre ia para os estábulos.

_Chico?- Chamou

_Patroa? - Respondeu o rapaz atrás dela.

_Onde está Tobias?

_Terminando de arrumar a bomba d'água. Dora sabia que ficava próximo ao estábulo, dirigiu-se para lá. Quando chegou parou no meio do caminho, ela olhava aquele homem cheio de músculo sem camisa, o peito peludo negros, costa da mão, a calça jeans ocultava uma linda e enxuta barriga. Dora não soube por que sentia o sangue ferver, sentia-se corada por tantos pensamentos. Tobias levantou a cabeça, ao vê-la pegou a camisa vestindo, Dora foi se apaixonando por ele.

_Desculpe, eu não queria sujar a roupa branca.

_Tudo bem. – conseguiu dizer – Arrumou a bomba d'água?

_Tudo o que precisa pode pedir ao Chico, ele vai buscar.

_Você entende disso?- perguntou não sabendo o que dizer.

_Mais ou menos, eu me viro.

_Eu queria me desculpar pelo que aconteceu hoje, o Ivan é mal educado, tempestuoso.

_Talvez você nunca tenha encontrado algo descente. Dora ficou pensando no que ela havia dito.

_O que você quer dizer com isso?

_Que você não sabe escolher as companhias.

_Você tem razão, eu não deveria estar aqui.

_Você é muito tolinha menina.

_O que você disse?

Tobias não respondeu, olhava para ela com um sorriso ironico nos lábios.

_Eu tenho 28 anos, sou uma mulher e sei muito bem o que faço, seu arrogante. Como Tobias não respondeu, Dora saiu pisando duro, possessa de raiva.

_Linda, rica e burrinha. – disse para si mesmo voltando ao trabalho.

Dora pisou na varanda transtornada, andava de um lado para o outro dizendo a si mesma:
_Quem ele pensa que é para me tratar assim. Como ousa me chamar de tola?
_Isso está virando habito em você. – disse Ivan bem atrás dela – Eu posso internar você em algum hospício.
Dora fulminou-o com o olhar ao vê-lo sorrindo.
_Vá pro inferno! - vociferou
Não aguentava mais olhara para cara de Ivan passou por Ana que tentou lhe dizer algo sem sucesso. Trancou-se no quarto não atendendo a ninguém que batesse.
_Vá embora eu não quero falar com ninguém.

_Mas é importante senhorita Dora. - Insistia Ana.
Dora abriu a porta bruscamente.
_O que você quer mulher?
_Telefone para você é um homem falando uma língua que eu não consigo entender.
_É inglês?
_Deve ser, vai atender ou não?
_Claro que vou. Pode desligar na sala. – antes que Ana saísse disse a ela – Eu não quero ser perturbada por ninguém, entendeu?
Ana acenou com a cabeça fechando a porta do quarto. Dora sentou na cama pegando o telefone na mão.
_Hi Mrs. Robert.

Dora falava com o Mr. Robert um assunto importante e de muito interesse seu, ia importar esperma de um dos mais belos animais que vira na sua viajem a Inglaterra. Um puro sangue campeão. Queria fertilizar duas de suas éguas. Os potrancos que nasceriam teriam um valor grande no mercado em que ela estava. Depois de meia hora de conversa, desligou, tinha tudo certo com Mr. Robert.

Teria que tratar dos preparativos com Tobias, como ia engolir o seu orgulho e falaria com ele como se nada teria acontecido, mas, um empregado não poderia chamá-la de tola e ficar por isso mesmo. Cegou ao estábulo com o coração aos pulos.

_Onde está o Tobias? – perguntou ao Chico que escovava um puro sangue.

_Ele foi à cidade comprar peças para a bomba.

_Mas, eu lhe disse que mandasse você.

_Patroa, ele não me deixou ir. Disse que eu não saberia comprar a peça.

_Tenho que admitir que esse cara é petulante.

_Quer que eu apronte o trovão?

_Não, eu não vou sair agora. Assim que ele chegar peça que vai a minha casa. Preciso falar lhe falar com urgência.

Voltou para sua casa pensando, queria tomar um banho e relaxar, não via o Ivan por perto. O dia estava quente, era o meio de uma deliciosa tarde, teria que exercitar os outros animais. Depois de nadar bastante na imensa e bela piscina deitou-se na espreguiçadeira para tomar um pouco de sol, ficou por lá perdendo a noção do tempo.

_Por que não me avisou que ia nadar?

Ouviu a voz ressoante de Ivan, ele ficou entre ela e o sol, não respondeu, apenas levantou o óculos olhando para ele.

_Ainda está chateada comigo?

_O que você acha?

_Vou dar um mergulho depois conversamos.- acabou de falar e caiu na água respingando gotículas fria de água no seu corpo quente. – Não quer nadar comigo? A água está uma delicia. Dora não está com fome? Estou morrendo de...

_O que há com você Ivan?

_Como assim?

_Acho que já está na hora de você ir embora.

_Que isso gatinha hoje é sábado. Vamos aproveitar. Você não descansa?

_Eu tenho que cuidar da fazenda e, sozinha.

_Eu posso te ajudar, claro por um bom salário eu cuidaria de tudo pra você.

_A fazenda tem um ótimo administrador, obrigada.

_Como quiser. – dizendo isso dá fortes braçadas na água.

_Dora! – era Ana quem chamava.

Dora levanta a cabeça para olhar a senhora.

_O que foi Ana?

_O senhor Tobias está na sala de esperar para falar com você.

_Muito bem, eu já irei, ele que espere um pouco.

Ana balançou a cabeça não gostando da atitude de Dora, ela tirou o óculos e se jogou na piscina.

Brincava com Ivan que até esqueceu de que Tobias a

aguardava. Não tardou para que ele fosse atrás dela.

_É assim que você trata seus funcionários? Deixando-os esperando por meia hora como se eles não tivessem outra coisa melhor para fazer?

Dora saiu da piscina, pegou a toalha enxugando o corpo.

_Desculpe, eu realmente esqueci.

_Claro que você se esqueceu. – dizia olhando para Ivan que saia da água. – Acho que tem coisas melhores para fazer.

Tobias lhe deu as costas saindo.

_Espere! Eu preciso falar com você.

_Precisa? – diz virando o pescoço para olhá-la.

_Olha aqui você é meu empregado, estou lhe dando uma ordem.

_Você só sabe dar ordem, não é? O que você entende sobre o que está acontecendo na lavoura?

_O Antônio disse que contratou um agrônomo.

_Que não apareceu até agora.

_Eu...não...sabia disso. – Dora estava toda desconcertada.

_Se essa praga continuar se alastrando do jeito que esta a sua plantação ficará comprometida.

Tobias falava em tom alto, demonstrando estar desnorteado com o comportamento dela.

_Ai, queridinha. Adeus a sua vidinha boa e, bem vindos problemas. Tobias saiu não lhe dando mais atenção.

_Tobias volte aqui. Ainda não terminamos nossa conversa. Você acha que sabe tudo? Eu cuido dessa fazenda e muito bem desde que meu pai morreu, eu não preciso de você para me dizer o que está acontecendo na plantação porque eu sei. Fui muito bem informada pelo Antônio.

_Mas você não fez nada, não deu nenhuma solução, o cara está se borrando de medo de falar para você que esse ano você não vai conseguir explorar esse fornecedor, adeus Europa.

Dora sabia que ele estava com a razão tinha que tomar providência e rápida. Depois de banho tomado e vestida pediu a Jonas que convocasse Tobias e o Antônio para uma reunião. Uma hora depois Ana veio lhe avisar que todos estavam no escritório.

_Dora você queria falar conosco?

_Sim e com Jonas também, onde ele está?

_Ele está na plantação com os demais.

_Eu quero ele aqui, ele sempre sabe tudo o que está acontecendo na fazenda, não vou fazer reunião sem ele.

_Deixe que eu vou buscá-lo.- Adiantou-se Tobias. Ele correu para o estábulo, Dora viu quando ele saiu a todo galope montado no seu Trovão.

_Como pode?- disse Antônio que estava dos eu lado Sônia:

_Ele pode isso e muito mais o Trovão gosta dele tanto quanto gosta de você.

_Onde Jonas encontrou ele?

_Acho que foi na cidade, Jonas chegou.

Os dois sentaram-se, conversaram e agora ele está aqui.

_De onde ele é?

_Acho que da cidade vizinha, não tenho certeza.

-Ele parece entender de tudo ou é só curioso?

_Ele não parece, ele entende mesmo, ele me contou que estudou agronomia......

-Sério?

_Foi o que ele disse.

-Será que ele quer o cargo de agrônomo invés de cavalariça?

_Por que acha isso?

_Oras, o salário e o estudante é bem maior.

_Acho que ele não se importa com isso.

_E por que não se importaria?

_Ele não demonstra ser ganancioso ou almejar grandes coisas.

_O que você mais sabe dele?

_A penas que ele quer juntar um pouco de dinheiro para reconstruir sua casa.

_E o que aconteceu com ela?

_Não sei, isso ele não me falou.

_Parece que temos um senhor misterioso por aqui.

Ao terminar de falar Dora via Tobias voltando, sentia uma ponta de ciúmes por ele está com o seu animal, Jonas vinha na garupa. Ele desceu enquanto Tobias levava Trovão para o estábulo, ele soltou o animal dando tapinhas no pescoço.

_Você queria falar comigo?

_Eu queria sim, queria que você estivesse presente na reunião.

_Como quiser.

Dora olhava, vendo que Tobias voltando, entrou, quando ele fechou a porta e disse:

_Sente-se senhores...-parou de repente ao ouvir uma batida na porta. Ao abrir viu Ivan parado sorrindo.

_E ai gata vamos sair?

_Agora estou ocupadíssima, vá passear, vai fazer alguma coisa, mas agora me deixa em paz.-fechou a porta

_Então senhores temos um assunto muito sério para resolver.

_Dora, antes de começar a reunião eu posso falar?- disse Tobias.

_Pois não, fale!

_Tem uma outra pessoa que eu acho muito importante estar aqui. É o senhor José.

_O senhor José, por que ele?

_Ele trabalha há muitos anos, estive conversando com ele, tem boas ideias, conhece tudo sobre a laranjal, ele é um dos que começou a plantação junto com...

_Meu pai,-finalizou Dora-eu sei disso e sei do seu valor

como empregado. Mas ele é do campo, os seus métodos são arcaicos e antigos.

_Antes da tecnologia como você acha que o homem do campo vivia?

_Dora,- dizia Jonas -talvez você não saiba mas, o seu pai sempre pedia ajuda a ele, antes do Antônio chegar, ele era um ótimo administrador. Agora está velho, aposentado, mas ainda tem muito conhecido.

_Vocês venceram, pode chamá-lo.

_Eu já fiz isso. - adiantou-se Tobias.

_Então? Vá buscá-lo. - disse impaciente -. Agora vamos aguardar.

Dora saiu da sala indo até a cozinha, encontrou Ana e Ivete fazendo o jantar. Sentou-se com a mão sobre a mesa segurando a cabeça.

_Quer alguma coisa Dora?

_Um copo de suco bem gelado, por favor.

Ivete pegou uma jarra na geladeira enquanto Ana falava.

_Acabei de fazer para o jantar, é de melancia.

_Que delicia. - disse saboreando o suco - Obrigada, eu precisava disso. Dora já saia da cozinha, Ana pergunta:

_Aconteceu alguma coisa com você filha?

_Estou com muitos problemas pela frente Ana. - dizia com uma das mão na cabeça e a outra na cintura, era a forma de demonstrar que pensava na saída de algum problema - Só espero ter a inteligência do meu pai para lhe dar com tudo do modo certo.

_Até hoje você conseguiu conduzir essa fazenda muito bem. Ele ficaria orgulhoso de você.

_Não sei se estou a sua altura.

_Ele é ele, você é você. Cada um teve o seu tempo. Agora é a sua vez. Eu rezo por você todos os dias, vai dar tudo certo, tenha confiança.

_Obrigada Ana!- Dora dá um abraço e um beijo nas bochechas da senhora e volta para a sala.

Todos já estavam na sala a sua espera.

_Senhores vamos ao assunto que nos trouxe aqui.

O resto da tarde ficaram conversando, colocando todos os problemas na frente de Dora.

Ela ouvia tudo atentamente cada explicação dada por José e Tobias, queria de alguma forma rebater o que Tobias dizia, mas tinha que concordar que ele sabia muito do que estava falando, não podia ir contra o que estava certo. Deixou tudo nas mãos de Tobias e Guilherme.

_Seu José, eu gostaria que o senhor continuasse com esses conselhos, eles são bem- vindos. - dizia Dora com um lindo sorriso no rosto.

Seu José, um homem humilde do campo, sem muitas instruções, com a falta de alguns dentes na boca sorria de volta apertando a mão que Dora lhe oferecia.

_"Brigado" patroa Dora. Eu quero "memo" o "mior" para a fazenda.

_Por favor, o senhor fica para jantar conosco.
_Que isso patroa, eu não levo jeito para comer como grã fino.

Todos riram da simplicidade dele. Dora estava se interessando por Tobias, homem inteligente, com jeito mandão, dizia saber de tudo um pouco, gostava das pessoas simples do campo sem preconceito, como retribuição todos gostavam dele. Como seu pai, aprendera com o tempo a julgar as pessoas pelo seu caráter.

CAPÍTULO IV

Sentada à mesa com todos aqueles homens pensava na época de seu pai, virava o garfo no prato envolvida nos próprios pensamentos, ao levantar o olhar deparou-se com os olhos de Tobias, os dois ficaram por longos segundos se encarando, até que foram interrompidos pela conversa de Ana ao retirar os pratos. Dora levantou-se da mesa pedindo licença para todos, recusou a sobremesa e o café, saindo para o jardim. a noite estava muito agradável. Não demorou muito para que Tobias a seguisse.

Parada de braços cruzados, olhando para o horizontem, não via o fim de sua propriedade, ouviu passos e virou-se, vendo Tobias se aproximando, sentia seu coração bater mais rápido.

_Espero não estar te atrapalhando. - disse.

_Não, de forma algumas. Será que esquecemos de falar alguma coisa?

_Não. Já falamos de tudo não se preocupe.

Dora tentava imaginar a razão dele estar ali parado ao seu lado, sem que tivessem algum assunto para tratar. Dora olhava para as estrelas no céu, colocou as mãos nos bolsos da calça, sentia a presença marcante dele ao seu lado.

_Gosta de ver as estrelas também?- perguntou Dora.

_Não tenho tempo para essas divagações.

_Eu adoro olhar para essa imensidão do universo. Nós faz sentir que somos tão pequenos.

O mistério que pode ter por trás de tudo isso.

_A ciência pode muito bem explicar tudo.

_Você não é nada romântico.

_Romântico? Eu sou prático. Tenho muitas coisas na cabeça bem mais importantes e reais para ocupar a minha mente do que saber o que está por trás das estrelas.

_O que você pode ter para se preocupar que não seja os meus cavalos? Tobias não respondeu de imediato apenas olhou para ela que o encarava.

_Você acha que eu não tenho vida própria?

_Deve ter, claro que tem! Pode me dizer sobre o que te preocupa? Afinal de contas você trabalha para mim. Eu gosto de estar a par de tudo na vida dos meus empregados.

_Você é bem mimada, Não?

_Eu? - perguntou Dora, sentia-se indignada.

_Você acha que tudo gira ao seu redor?

_Não, eu nunca disse ou pensei isso.

_Duvido. Você acha que eu trabalho exclusivamente para você, então, não tenho o direito de ter vida fora das baias dos "seus animais". Não tenho o direito de pensar por mim mesmo, de querer alguma coisa.

_Hei! Espera ai. - disse ela virando-se para encará-lo de frente – Jogue as pedras fora, eu não disse nada com essa intenção.

_Não com palavras, mas nas atitudes.

_Diz, então o que faz fora do trabalho?

_Não interessa a você. São pensamentos íntimos e não vou dividi-los com você.

_Você é bem petulante.

_Petulante? Eu?

_Tem mais alguém aqui além de nós? Sim é você mesmo.

O ânimo dos dois estavam alterados, ambos de frente para o outro se encaravam, estavam de gladiando sem saberem ao certo porquê.

_Eu já avisei que deve me respeitar.

_E desde de quando eu não lhe respeito? Acontece que você é que não sabe respeitar as pessoas.

_Você é um grosso sabia?

_Você é que é.- Tobias responde deixando-a sozinha.

Dora vê ele se dirigindo aos estábulos, não acreditava que uma simples e inocente conversa sobre estrelas, pudesse se transformar em um duelo de palavras. Não se conteve e segui o até o estábulo. Ele tinha saído com o seu trovão a todo galope.

_Chico? Chico? - gritava para o rapaz

_Sim, patroa?

_Prepare um cavalo para mim, imediatamente!

_O senhor Tobias acabou de sair com o trovão.

_Eu sei.

_Qual deles a senhora vai querer?

_Qualquer um, anda logo.

O rapaz fazia tudo o mais rápido que podia.

_Para onde ele foi?

_Não sei patroa, ele não costuma fazer isso, deve estar muito aborrecido.

_Aborrecido? - Dora falava bem baixinho, com ela mesma.

- Deve estar mesmo.

_O que disse patroa?

_Pode deixar que eu encontro ele. Ande logo com isso.

Chico apressa para atender logo a impaciente patroa, lhe entregando um lindo cavalo- branco, ao qual Dora pouco andava. Achava-o muito mais manso do que os demais, era o preferido do Chico, seu nome era Zonzo, o nome era origem dos giros constantes que o animal dava, Dora montou saindo a galope, achou-o muito veloz.

Percorria toda a propriedade quando o viu perto da cerca que separava sua propriedade com a dos Correia e Silva, estava debruçado na cerca enquanto trovão pastava solto, assim que ouviu os galopes voltou-se para a direção de onde Dora vinha, ela parou bem próxima a ele. Tobias sentia o animal ofegante, fungando perto do seu rosto. Os dois se olhavam, quem estivesse por perto e não os conhecia, poderia jurar que estavam prestes a se bater.
_Quem lhe deu permissão para sair com o meu cavalo?
_Ele precisava se exercitar, você não saiu com ele hoje.
_Não interessa, você é meu empregado, não se esqueça da sua posição nessa fazenda. - Dora aproximou zonzo de Trovão puxando-o pelas rédeas levando-o embora.

Tobias olhava para aquela mulher levando seu único meio de transporte, levaria quase uma hora para chegar nos seus aposentos que ficava no barracão nos fundos da casa grande.

Ajeitou os cabelos sorrindo pondo-se a caminhar pensando em Dora."Você precisa ser domada como esse animal que levou e juro que vou conseguir".

Chico fora dos estábulos olhando Dora trazendo o Trovão sem o Tobias.

_Meu Deus, patroa, não vai dizer que deixou o pobre à pé?

_Dá água a eles, e pode colocá-los de volta, precisam descansar. - saiu deixando os animais aos cuidados do rapaz.

_Dora, ainda vai precisa de mim, filha? - perguntou Ana ao vê-la entrando.

_Não, obrigada Ana. Você está se sentindo bem?

_Estou sim.

_Estou te achando um pouco pálida.

_É esse calor que não me agrada. Vou tomar um bom banho frio e dormir um pouco.

_Vai sim mãezinha. - disse Dora carinhosamente, a velha senhora beijou-a deixando-a sozinha.

Dora não sabia onde estava o Ivan, desde daquela manhã na piscina não o viu mais. Ele não perdia o jantar por nada e não havia aparecido para a refeição. Foi até o seu quarto, não estavam, procurou-o pela casa em vão, todos na casa já estavam dormindo. Dora procurou por todos os cômodos, saiu para a varanda, " ele não foi embora, suas roupas estão todas no quarto ainda." pensava olhando para o jardim, foi até a piscina, nada.

_Onde ele se meteu?- dizia em voz alta - Mais essa agora.

Dora caminhou para a traz da casa, onde ficava os aposentos dos empregados solteiros, os outros tinham suas casas e moravam com suas famílias.

Via luzes num dos quartos, Dora sabia que Ivete ainda não havia ido dormir, resolveu perguntar a ela. Ivete era uma linda morena de cabelos negros e jeito faceiro, tinha a mesma idade de Dora, veio morar na fazenda depois que perdeu os pais num acidente com a carroça em que eles estavam foi atropelada por um caminhão em alta velocidade.

Dora bateu de leve na porta por que ouviu uma conversa, arrependeu-se por incomodar a pobre moça, era tarde de mais, a moça abriu a porta toda sorridente com os cabelos crespos em completo desalinho.

_Patroa? - disse surpresa, tentava em vão arrumar suas roupas e o cabelo, não sabendo o que fazer primeiro – O que a senhora quer aqui? Eu...

_Desculpe por te incomodar a essa hora, é que eu vi que as luzes estavam acesas e ouvi barulho...

_É o rádio senhora... - tentava se justificar.

_Tudo bem, não tem importância mesmo. Boa noite.

_Mas, o que a senhora queria? Pode dizer?

_Queria saber se você viu o Ivan.

_Ivan? O senhor Ivan? - repetia nervosamente a moça.

_Sim, você conhece outro?

_Não, claro que não patroa.

_Então? Estou procurando por ele, sabe se ele foi embora?

_Não sei não senhora. Eu não o vi no jantar, e olha que ele não costuma ficar sem comer, ele tem um apetite...voraz...

_Sei, pode deixar eu vou encontrar ele, boa noite.

Assim que virou as costas a moça fecho a porta batendo com força para trancar.

Dora culpava-se por ter deixado a moça nervosa a toa. "Acho que ela deveria estar com algum namorado e eu interrompi". Pensava.

Já estava desistindo de procurar Ivan quando viu Tobias chegando, parecia cansado, caminhava lentamente, estava todo suado.

_Oras, oras, você bateu o recorde, chegou bem antes de amanhecer. - dizia Dora com os braços cruzados olhando para ele com um sorriso maroto nos lábios.

Tobias a olhava friamente, aproximou-se a passos largos na sua direção, enlaçou-a pela cintura beijando-a com ardor nos lábios carnudos e sedentos. Tobias a segurava não dando a mínima oportunidade dela escapar dos seus braços. Sem conseguir reagir diante daquele beijo que a deixava extasiada, a língua molhada corria por dentro de sua boca, ao perceber que estava retribuindo e gostando do beijo tentava em vão soltar-se.

Ele solta o corpo esguiou de Dora, deixando-a desnorteada, ela o esbofeteou no rosto esperando uma reação dele que não veio, mas atrás dela estava Ivan parado vendo tudo acontecer.

Chegou agredindo verbalmente Tobias querendo partir para cima dele. Dora ficou entre os dois.

_Parem com isso.

_Quem você pensa que é cara para ir beijando minha

garota, seu empregadinho de merda. Tobias acertou um soco em cheio no nariz de Ivan, fazendo sangrar, Ivan recuou esperou

Dora sair da frente para deferir um golpe traiçoeiro no rosto de Tobias, seu olho ficou roxo na hora.

_Seu moleque atrevido.

Tobias partiu para cima de Ivan, os dois rolavam no chão.

_Pare com isso Ivan.

_Ele começou. - respondeu ao ficar em pé.

Tobias estava prestes a partir para cima dele novamente foi impedido por Dora.

_Parem por favor Tobias já chega. - dizia ela sem ser atendida. - Se não querem parar com essa briga então, se matem.

Dora saiu deixando os dois aos socos, entrou no seu quarto fechando a porta. Tempos depois Ivan batia à porta.

_Gata abre a porta, por favor.

_Vá embora Ivan, eu não quero você aqui.

_Vai me dispensar assim todo machucado?

_Se quiser vai dormir no quarto de hóspede. Ele deu um soco forte na porta dizendo:

_É assim que vai ser? Vai dormir sozinha por um bom tempo.

_Antes só do que mal acompanhada. - gritou Dora zangada.

Virava-se na cama sem conseguir conciliar o sono, a noite toda pensava no beijo, na briga com Tobias e todo o seu corpo tremia, parecia que queimava devido ao calor que ele lhe causou. Até a briga por sua causa era motivo para ficar pensando em muitas possibilidades. Olhou para o relógio era quatro horas da madrugada, não aguentou mais ficar na cama, vestiu-se saindo para o estábulo, sabia que era muito cedo ainda para que o Chico ou Tobias estivessem acordados.

Entrou sorrateiramente, estava tudo as escuras, apenas a luz que vinha do lado de fora é que iluminava um pouco o local.

_Trovão? - chamou o animal chegando perto da baia, ele se aproximou dela fungando para receber um carinho no focinho da dona.- Vamos dar uma volta?

Levava o animal para fora quando vê Tobias terminando de selar o Órion, eles se olharam por alguns segundo montando no animal saiu a todo galope.

_Acho que não foi apenas eu que perdi o sono.

Terminou de selar o animal e saiu, queria se cansar, esquecer de tudo, não queria encontrar-se com Tobias pelo caminho, tomou o caminho contrário. Não saiu a galope como ele havia feito, andava devagar pela escuridão, mesmo o animal pedindo para correr.

CAPÍTULO V

A brisa que soprava na madrugada dava um novo ânimo a ela, sentir aquele vento nos cabelos era como se ele levasse todos os seus pensamentos embora. O dia estava amanhecendo, deu um impulso com a perna fazendo trovão correr o máximo que podia, chegando a grande árvore decidiu descer do animal para caminhar um pouco, deixou-o solto pastando, sentou-se na grama ainda úmida da madrugada, o amanhecer naquele lugar era lindo, ali era o seu lugar favorito, sempre quando tinha algum problema para resolver ou estava triste era para lá que seguia, ou apenas para pensar.

Andava com o trovão seguindo-a, de volta para casa, pois sentia fome, seu animal também precisava se alimentar e beber água. Ana estava pondo a mesa quando Dora entra.

_Já de pé? Você está com algum problema Dora?

_Não, apenas não consegui dormir. Acho que é o calor, vou tomar um banho e já volto.

Estava sentada à mesa saboreando o seu café quando Tobias entrou, ela levantou o olhar para ele, ele fez o mesmo que ela, tinha tomado um bom banho no rio que cortava a propriedade, vestia a mesma roupa.

_Gostaria de falar com você.

_Se não for urgente agora não.

Ele chega até a mesa colocando as duas mãos sobre a mesa olhando para ela que devorava o seu crocante pão,ele a encarava por uns instantes.

_Diga logo o que quer e me deixa terminar o meu café sossegada. - ela largou a xícara olhando para ele.

_A sua encomenda chegou.

Dora arregalou os olhos, o sorriso foi de orelha a orelha, levantou-se rapidamente, Tobias pegou um pedaço de bolo de milho seguindo a patroa.

_Não vai tomar um café senhor Tobias?

_Daqui há pouco Ana, obrigado.

Os dois seguiam para o laboratório, Ricardo era o veterinário encarregado dos animais da fazenda, já estava encaminhando o produto.

_Ricardo, bom dia.

_Dora, bom dia, como vai?

_Bem, agora melhor ainda.

_Já sabe qual das suas nossas éguas vamos fertilizar?

_O que você acha da flor de liz?

_Acho a ideia boa, ela é maravilhosa, está na idade certa de ser mamãe.

Dora saiu muito contente sendo seguida de perto por Tobias que ouvia tudo. O procedimento foi feito como sempre, logo teria outro potranco correndo na fazenda e poderia vendê-lo assim que deixasse de mamar. Dora sabia como era muito bem tratados seus animais, nunca deixou que fizessem um mal a nenhum deles, sentia a presença dele e tremia, não olhava para ele pois poderia se denunciar. Eles corriam as baias dos animais, olhando um por um.

_Como estão os animais? Eu digo Ricardo de um modo geral.

_Desde que Tobias chegou aqui foram feitas muitas mudanças.

Dora voltou-se para ele, queria que ele falasse a respeito das mudanças. Tobias olhou para ela sem saber o que deveria dizer, ele tinha que confessar para si mesmo que tremia diante dela.

_Eu apenas fiz algumas adaptações e outras melhorias. Melhorei o que tinha, consertei a bom...

_Eu perguntei - interrompeu Dora olhando por cima do ombro - dos animais e, não das melhorias que você fez.

Com um lindo sorriso no rosto ele continuou:

_As melhorias que fiz, faz parte do bem estar dos animais.

_Por exemplo?

_Quando consertei a bomba d'água, os animais passaram a ter água fresca e limpa a vontade, sem que precise alguém enchendo o tempo todo, evitando ligar e desligar a bomba toda hora, tudo é feito automaticamente.

_Quem é você? De onde você veio?

Tobias saiu de perto da baia de uma das éguas que insistia em pedir carinho chegando mais próximo de Dora. Tobias evitava olhar para ela.

_Não vai me dizer? - insistia. - Eu apenas sei que você se chama Tobias não sei do quê, e que conhece tudo, sabe tudo, diz que agrônomo. Quem na verdade é você? O que está por trás dessa mascara que você apresenta?

_O que é para saber sobre mim, você já sabe. Tobias saiu deixando-a para trás.

_Não, eu não sei nada sobre você. - Dora o seguia.

_Você mesma diz aos quatro ventos que reconhece o julgamento de Jonas e sabe julgar muito bem as pessoas...

_Espera ai, eu sei que ele sabe tão bem quanto eu conhecer o caráter de uma pessoa.

_O que você disse? Eu não ouvi direito. Você disse tão bem quanto você? Você não sabe julgar caráter de ninguém nem mesmo do seu namorado.

_Como se atreve?

_Olhe para o molecão que você arrumou para namorar! Ele ainda cheira a leite, azedo.

Ele não é homem para você.

_Você está mudando o assunto, estávamos falando de você.

_Estamos, não. Você é que está.

_Tobias volte aqui, - ela o seguia tendo que correr para alcançá-lo. - precisamos terminar essa conversa.

Ele se afastava muito rápido.

_Preciso trabalhar Dora. Não sou como você que tem não

tem o que fazer.

_Precisamos falar sobre isso, vamos terminar esse assunto agora!

_Desculpe, eu não sou como você que tem tempo de sobra para fazer nada.

_Pare com isso. Você está me julgando e condenando como se me conhecesse. Acontece que eu não sou como você pensa.

_Eu não penso, apenas sei.

_Sabe o quê? Você não sabe nada ao meu respeito.

_Então estamos empatados.

Dora segura-o pelo braço impedindo que ele continue andando.

_Você precisa falar comigo.

_Não! Eu não preciso. - ele olhou dentro dos olhos de Dora. - Preciso disso.

Ele a puxou para os seus braços, um beijo longo e apaixonado, era o primeiro de muitos que seguiram depois. Tobias não a forçava, apenas a segurava como se segura uma delicada porcelana, a necessidade de se querer era muito grande.

Tobias explorava a boca de Dora em intervalos lentos, estavam no mundo apenas deles, esqueceram-se de que estavam no meio da fazenda cercado pelos empregados que passavam fingindo não verem nada. Ele a soltou seguindo seu caminho deixando Dora sem resposta e com mais interrogações, ela bateu o pé se odiando por ter deixado que ele a beijasse novamente.

_Dora! - chama Jonas - Preciso falar com você.

_Agora não posso.

Dora não conseguia articular pensamento algum naquele momento, não saberia como lidar com alguma eventualidade que ele lhe trouxesse. Seguia seu caminho sem dar qualquer explicação, sentia-se terrivelmente desconfortável por seus empregados virem os dois se beijando, "o que pensarão de mim?" Era o que se perguntava, "eu e um empregado se agarrando em plena luz do dia!"

Fechou a porta do quarto dirigindo-se para o banheiro, enchia a banheira com água morna enquanto tirava a roupa, sentou-se envolvida pela perfumada cheia de espumas, descansou a cabeça pensando no beijo roubado com um doce gosto de culpa, fora quente e ardoroso, seu corpo todo respondeu a ele no mesmo instante, estava se perdendo, não tinha mais o controle da situação, não era mais a mesma de antes da chegada de Tobias. Nunca imaginou que aquela ligação fosse ser tão forte, Não era uma mulher qualquer, mas sentia-se uma mulher apaixonada, terrivelmente apaixonada."Eu não deixarei ele agir assim comigo, quem ele pensa que é?" Dora esfregava com força seus pés, como se quisesse tirar algo que não tinha.

65

CAPÍTULO VI

Há muitos anos não dava uma festa na fazenda, queria convidar seus amigos, precisava estar perto de gente jovem e bonita, pensava na possibilidade desse evento acontecer no fim de semana, " é semana da colheita, todos vão estar ocupados e não vão se importar de ter mais gente por perto." pensou sorrindo.

_Ana! - chamou ao chegar na cozinha - Vou dar uma festa nesse próximo fim de semana.

_Na semana da colheita?

_Bem apropriada, não acha?

_Você não vai acompanhar a colheita como faz todos os anos?

Dora deu de ombros se servindo de um cacho de uvas que estava sobre a mesa.

_Não acredito que você vai abrir mão de ficar em cima do seu trovão com toda aquela "pose de poderosa chefona".

- Ana brincava, mas quem não a conhecia achava que realmente estava criticando a patroa, Ivete colocava a mão na boca.

_Você não está me criticando está?

_Não, claro que não, apenas acho que não poderia ter escolhido ocasião pior.

_Por que?

_Todos estarão trabalhando e você vai ficar se esbanjando com os seus amigos. Eu vou ter que trabalhar dobrado para fazer toda a comida. São um bando de glutões.

_Se quiser eu contrato um bife e livro você desse trabalho árduo.

Dora sabia atingir o ponto fraco, deixando-a com o orgulho ferido da velha senhora que cozinhava tão perfeitamente.

_Vai servir qualquer coisa para esses filhos de "grã finos"?

_Mas se você preferir eu posso pedir para vir mais mulheres para te ajudar.

_É a semana da colheita não vai conseguir muito.

_Duas no máximo, acho que está bom. O que acha?

_Assim está bem melhor.

Dora já estava saindo da cozinha e se volta ao ouvir Ana dizer:

_Quem vai ficar supervisionando no seu lugar?

_Eu tenho outros administradores para fazerem o meu trabalho. Quem sabe eu coloque o Tobias.

Dora não dava muitas explicações, queria dar uma lição em Tobias e mostrar a ele quem mandava e que não estava a sua disposição e sim ao contrário, não poderia demonstrar que estava caindo de amores por ele. Mandou chamar por Guilherme e Jonas.

_Queria falar comigo? - disse ele chegando perto dela.

Dora estava sentada toda imponente na cadeira do escritório que fora do seu pai.

_Sim sente-se.

Ele obedeceu.

_Eu vou dar uma festa e gostaria que vocês cuidassem da colheita.

_O Guilherme contratou mais pessoas da região para a colheita.

_Por favor tomem todo o cuidado.

_Claro, pode deixar.

_Procurem ficar observando para que eles não machuquem os frutos, as sacolas e as escadas estão a disposição de todos?

_Sim, as caixas estão sendo levadas para o plantio, esta tudo pronto.

_Antônio, você tem algumas estimativas de quantos frutos vamos colher esse ano?

_Bom, a estimativa é de cinco milhões de caixas só para esse ano.

_Temos que trazer novas mudas.

_Já cuidei disso. Elas vão chegar logo, vamos nos atentar apenas para a colheita. - ela faz uma pausa - Estou pensando em investir na plantação de laranja orgânica, estive vendo o mercado é muito bom. Recebi uma proposta para esse tipo de produto, o que pode ser o nosso diferencial.

_Eu acho uma ótima ideia Dora. - diz Guilherme remexendo na cadeira adorando o desafio. - Vamos receber muito mais pela caixa do fruto orgânico do que recebemos pela caixa de laranja convencional.

_Vamos deixar uns vinte e três hectares apenas para esse tipo de laranja. Plantar uns quatrocentos pés da espécie Hamlin, vamos deixar de plantar a variedade da Pera.

_Acho que você não precisa se desfazer dela Dora, dá para você conciliar todas essas variedades.

Dora morde o lábio inferior pensando.

_Acho que podemos tentar. Eu vou ter que cancelar o contrato que tenho com a indústria do pai do Ivan. Ele não vai gostar nada, mas não podemos ter adubos químicos de espécie alguma sendo jogado no pomar, vamos utilizar de todo adubo natural disponível no mercado para isso.

_Eu posso ver tudo isso ainda essa semana para você.

_Tudo bem eu deixo nas mãos de vocês dois.

Os dias foram transcorrendo normalmente, Ana e as mulheres estavam ocupadas na cozinha com os afazeres da festa. Dora não se preocupou com a colheita, deixou tudo nas mãos de Jonas e Guilherme, ocupou Tobias com novos afazeres mantendo-o longe o dia todo assim passou sem que o visse com tanta frequência. O curso de agronomia dele estava valendo cada centavo, ajudava na produção de melhores safras de frutos orgânicos.

Dora estava com medo dos seus sentimentos, nunca um homem a tinha beijado com aquele ímpeto e desejo, se fechasse os olhos, poderia ainda sentir os lábios dele nos seus, aqueles braços fortes a segurando, as mãos grandes e grossas, mas, ao mesmo tempo, delicadas e prazerosas. O poder que ele estava exercendo sobre ela era muito grande. Decidiu que descobriria tudo a seu respeito, não tinha conseguido arrancar nada. Imersa em pensamentos ouviu várias buzinas de carros cada vez mais perto, seus convidados estavam chegando, eram muitos, preocupando Ana e os demais. Chegavam em grandes caminhonetes lotadas, Jipe eram quatro, Dora olhava todos com lotação esgotada.

Descia as escadas para recebê-los, vestia um vestido leve, florido sem deixar mostrar sua transparência revelando seu corpo escultural, usava um lindo conjunto de biquine por baixo.

_A festa será na piscina Dora? - perguntou um dos seus convidados de cabelos longos e claros que estava apenas de shorts e camiseta, abraçado a uma moça muito bonita de cabelos cacheados e longos que ela não fazia a ideia de quem era.

_Você não sabia?

_Não cara! O Ivan não contou muita coisa.

_Desculpe Igor, eu esqueci cara. - disse Ivan jogando-lhe a chave da caminhonete.

_Dora essa é a Pâmela.

_Prazer Dora.

_Prazer.

_Bom fiquem á vontade!

_Meu, é tudo o que eu vou fazer. - ele foi tirando a roupa e ficou apenas de cuecas causando risos em todos. - Estou despreparado galera, mas a cueca é limpa.

O riso foi geral.

A piscina estava cheia o dia estava ensolarado e muito quente, a água era muito convidativa, não havia mais lugar nas espreguiçadeiras que estavam ocupados por jovens que bebiam, nadavam e comiam. Ivan estava no meio eles todo posudo, se sentindo o dono do pedaço, dava ordens para todos os lados, Dora não se importava com nada, não dava importância ao fato, desfilava apenas de biquíni pela propriedade junto aos seus convidados, arrancando suspiros de muitos homens que estavam na festa sozinhos. Mesmo divertindo-se com todos e com tudo olhava para ver se Tobias estava por perto.

Com a chegada da noite, muitos de seus amigos tinham bebido além da conta, uns nadavam nu com as moças tirando seus biquínis, Ana olhava para tudo aquilo não acreditando, recusou-se a servir "os bandalhos" como chamou os rapazes ,pediu a Dora que fizesse alguma coisa a respeito. Ela olhava vendo que a situação estava fora de controle, não conseguia mais controlar as pessoas. Quando tentou argumentar com um dos rapazes que já estava passando dos limites, foi jogada na piscina, Ana e as outras mulheres se retiraram para a casa, recusaram-se a servir quem quer que fosse.

Ivan estava na parte de trás com outros rapazes rondando os aposentos dos empregados quando Dora apareceu surpreendendo.

_Ivan! - gritou para ele.

Ele olhou para ela assustado.

_O que está fazendo aqui?

_Por que está toda molhada?

Dora não respondeu limitando-se a encará-lo zangada.

_Eu não estou fazendo nada. Não precisa me olhar

assim.

_O que vocês estão fazendo aqui?

_Dora vai se divertir, vai! - disse um deles

_Ivan, vamos voltar para a piscina agora.

Ele olhou para os rapazes que riam, pegou o braço dela carregando-a de volta para a piscina.

_Solta, está me machucando.

_Fique aqui com os seus convidados. Olha como estão doidões.

Naquele momento um relincho chamou-lhe atenção, puxou o braço que ainda era seguro por ele correu para os estábulos. Enquanto Ivan e os outros rapazes voltavam para a parte de trás da casa.

Nos estábulos teve uma desagradável surpresa, vários de seus amigos e amigas estavam tirando os seus preciosos animais das baias, Chico tinha sido amarrado e estava com um olho roxo.

_O que pensão que estão fazendo? Esses animais estão descansando, não podem... -Dora para de repente ao ver um dos rapazes montado e chutando a sua égua flor-de-lis. - ...pare, saia de cima dela, agora.

Ele não lhe deu atenção, forçando o pobre animal a andar. Dora tentava tirá-lo de cima de sua égua, o rapaz movido a álcool e muitas outras misturas inconvenientes para uma pessoa deu um chute no rosto de Dora atingindo sua boca.

Ferida, colocou a mão sobre a boca sentindo o sangue correr, chegou perto de Chico soltando-o.

_Corre, vá buscar o Tobias no pomar. Chico correu como nunca em sua vida.

Dora voltou-se para as moças pensando que tinham mais sensibilidade, não lhe davam ouvidos, tentou tirar uma delas de cima de pé da serra, um garanhão todo manchado de cor laranja e branco, tinha sido vendido recentemente, o dono ainda não tinha ido buscá-lo, o dono era de um aras muito famoso.

_Saia já desse animal Rosana. Quem você pensa que é para subir em um desses animais.

O som de agonia de flor de liz ao sair do estábulo estava deixando os outros animais enfurecidos, principalmente trovão que socava o ar com as patas traseiras derrubando a porta de sua baia. Sem saber qual deles salvaria viu Trovão saindo a todo galope, outra de suas amigas levou um coice de Órion, ficou no chão inconsciente.

_Tobias! - gritou ao vê-lo - Me ajude, por favor.

Não demorou para que ele chegasse com uma arma em punho ao lado de Jonas e Chico, ofegante bem atrás chega Guilherme.

_O que está acontecendo aqui?

Todos assustam-se ao ouvir o tiro que ele dá no chão, as moças que estavam sobre os animais saem para socorrer Rosana que ainda estava deitada no chão inconsciente.

_Todos para fora daqui agora.- gritava engatilhando novamente o revólver.

_Levem a moça para o carro em que vieram, ela precisa de um médico.

Os jovens obedeceram, o que estava montado em Flor de Lis de tão bêbado que estava tinha caído de cima dela que agora voltava calmamente para sua baia.

_Onde estão os outros animais. - perguntou Tobias.

_Fugiram, não consegui impedir.

_E o trovão?

_Também, ele quebrou a porta da baia e saiu a todo galope pela propriedade, deve de ter ido para bem longe...eu..não sei...

_Depois vamos ter uma conversa.

Tobias olhava seriamente para ela ao continuar:

_Agora tira essas pessoas da casa enquanto Jonas vai buscar o trovão. Guilherme fique aqui com a espingarda para ajudar a Dora. Vou dar um jeito nessa bagunça.

_Por favor, traga o Trovão de volta.

Tobias não respondeu, limitou-se a montar Órion e sair.

Dora voltou para casa com Guilherme ao seu lado, o som da música em um alto volume que vinha da piscina era ensurdecedor.

_Pessoal desculpe, mas a festa acabou. - anunciou desligando o rádio.

De braços cruzados olhava para todos enquanto Tobias aparecia dizendo:

_Para casa, todos, agora! - gritava.

Todos se puseram em movimento para fora da casa pegando o que lhe pertencia.

_Dora venha comigo, o seu "namorado" está com uma "moça" sem roupas nos ombros dentro da sua piscina.

Dora correu para o local, estava assustada com tudo não percebeu que ele queria chocá-la falando de Ivan.

_Galera, é sério. Está na hora de encerrarmos a festa por hoje.

_Que isso, Dora! Ainda é cedo.

_Por favor, pessoal, - Dora via que não davam ouvidos a ela, nem mesmo Ivan com os rapazes davam se quer uma palavra de ajuda, ele continuava com uma linda loira peituda em cima dos seus ombros percorrendo a piscina completamente bêbado

_Ivan por favor, peça a todos que vão embora.

_Porque acabar a festa? Agora que o pessoal estão se divertindo.

_Ivan, por favor, eu peço que me ajude com o pessoal, eles não querem me ouvir.

_Agora é que a festa está esquentando.- ao terminar de dizer derruba a moça dentro da piscina mergulhando em seguida indo atrás dela.

_Ivan! - grita Dora chamando-o.

Ele sai da piscina olhando para ela, abraça-a todo molhado.

_Venha cá, vamos dar um mergulho.

_Eu não quero me solta.

Nesse momento Tobias que estivera calado se manifestou:

_Acho bom o rapaz soltar ela.

Ivan olha para com a intensão de atacá-lo quando vê a

arma na mão de Tobias.

_O que foi cara? O que pensa em fazer com essa arma de brinquedo na mão?

Tobias não respondeu, Guilherme chega ao seu lado trazendo algumas moças que estavam perdidas pela propriedade. Ivan olha para os dois sabendo que não venceria numa luta corporal com eles. Ivan mostra o peito musculoso, os outros rapazes foram ficando atrás dele se amontoando em ameaça.

_Eu acho que você não pode com todos nós.

Antes que Ivan fizesse algum movimento, Tobias empunha sua arma mostrando a eles, a risada que Ivan da ecoa pelo lugar.

_A cavalaria chegou pessoal.

Todos riram, Dora sabia da fúria que Ivan emanava quando ficava enfurecido, ele era capaz de qualquer atitude, não havia quem o segurasse e o pior era que ele estava sobre o efeito do álcool, empurrou Dora para o lado ficando frente a frente com Tobias, seus amigos o acompanharam.

_O que você quer aqui vaqueiro? Esse não é o seu lugar.

_Saia agora da propriedade, voltem para suas casas agora.

_Quem você pensa que é?

_Leve seus amigos arruaceiros contigo.

_Quem é você para me dar ordens?

_Ou você sai por bem ou por mal, você decide.

Tobias entrega a arma para Guilherme e encara Ivan, Dora tenta afastar os dois quando Ivan a empurra, Dora cai sobre a grama. Tobias dá um soco certeiro no rosto de Ivan que fica cambaleando, os amigos tentam tomar a iniciativa mas foram impedidos por ele.

_Você só sabe tratar mulher assim, então vai ter o mesmo remédio. - Tobias ajudava Dora a se levantar quando traiçoeiramente Ivan o derruba se jogando sobre ele, os outros rapazes tentam ajudar Ivan, Guilherme dá um tiro de aviso assustando a todos que param no mesmo instante. Rolando pelo chão novamente estavam os dois aos socos. Tobias dá um soco deixando Ivan desacordado, ele se levanta tirando a poeira da calça dizendo:

_Quem quer ser o próximo? - ninguém se manifesta, todos ficam olhando Ivan caído no chão - Agora vão todos embora, levem esse traste com vocês.

Ninguém se atreveu a desobedecer Tobias que mesmo desarmado mostrava ser bom de briga, tinha um porte grande e musculoso para provar isso, aos pouco foram saindo da piscina pegando suas roupas, caminhavam em direção aos seus carros.

_Tem mais pessoas dentro da casa? - perguntou Tobias para Dora.

_Acho que sim.

_Antônio, Jonas, por favor, me ajudem a "limpar" a casa.

Os dois homens acompanham Tobias para dentro da casa. Encontraram alguns jovens dormindo no sofá. Tobias chutou o pé do rapaz derrubando-o, ele acorda assustado.

_Para fora agora.

_Com prazer "xará".

Dora reconhecia que seus amigos tinham passado dos limites, sempre deu essa festa no tempo de seu pai, nunca aconteceu nada igual. Todos aqueles jovens eram filhos dos amigos de seu pai, eram fazendeiros, empresários, banqueiros, moravam nas redondezas, amigos de sua infância. A maioria se formaram no exterior, outros nem moravam no país, viam apenas pra férias, seu pai sempre foi a favor da boa vizinhança.

Jonas e Guilherme encontraram dois rapazes e quatro moças dentro casa, ao passarem por Dora fez sinal de negativo com a cabeça, demonstrando seu descontentamento. Guilherme a olhava com ar mais solidário, sua cabeça parecia um ponto de interrogação porque não entendia o que queriam dizer. Parada no topo da escada, via todos indo embora, cainhou para o estábulo para ver como estavam os animais, Chico tentava em vão acalmar Trovão e Órion muito estressados dentro de suas baias.

_Pode deixar Chico, eu cuido do Trovão.

_Tudo bem, patroa.

_Calma querido, - dizia suavemente fazendo carinho em sua crina - agora tenta se acalmar.

Dora lhe dá um torrão de açúcar, aos poucos ele vai se acalmando. Dora deixando-o vai até a onde Flor de Liz estava, deitada no chão, não parecia muito bem.

_Como ela está Chico? - perguntou vendo o olhar triste do rapaz.

_Nada bem patroa. Aquele homem machucou ela, deu vários chutes na barriga.

_Será que isso vai prejudicar sua gestação?

_Não sei bem patroa, mas que ficou triste depois do ocorrido ficou. Deitou ai e não se levantou mais.

_Vá buscar o Ricardo para dar uma olhada nela, seja insistente, ele deve estar dormindo. O rapaz sai rapidamente.

_O que aconteceu? - perguntou Tobias se aproximando dela.

_Não sei ainda.

_Mandou chamar o Ricardo?

_Sim, Chico acabou de sair daqui.

_Espero que nada de grave tenha acontecido.

_Estou preocupada com a sua gestação.

_O que deu na sua cabeça...- ia dizendo quando foram bruscamente interrompidos por Ricardo que chegava correndo, assustado ainda vestia sua camisa.

_Meu Deus, se for verdade o que Chico me contou eu espero que nada tenha comprometido o seu bebe Flor...mas não tenho certeza.

Ele entrou na baia ficando ao lado do animal, empurrou Dora para fora para poder examiná-la melhor.

_Minha querida o que você tem. - dizia ele todo carinhoso fazendo exames. Dora e Tobias se olhavam até que ele disse:

_Por que Dora? Porque convidou essas pessoas para virem aqui?

_Oras, eu queria me divertir um pouco.

_Olha só o que a sua diversão nos causou, uma grande confusão.

_Eu trabalho muito, tenho direito a diversão.

_Que seja com responsabilidade, não dessa forma, você...

_Parem com essa discussão agora mesmo. Eu preciso de silêncio e não de gritaria.

_Desculpe Ricardo. - concordou Tobias.

_O que ela tem Ricardo?

_Preciso examiná-la melhor, ela precisa ser levada para o laboratório o mais rápido possível para observação.

_Não vai ser fácil fazer com que ela se levante.

_Dora, acho melhor você sair daqui.

Dora estava muito próxima ao animal, se deu conta naquele momento que não vestia nada por cima do pequeno biquíni quando passou ao lado de Tobias, o lugar era bem estreito.

_Pegue uma cenoura, quem sabe isso a motiva a levantar.- Tobias falava mansamente tentando esconder o que realmente estava sentindo.

Chico adiantou-se pegando o vegetal que estava ao seu lado.

Naquele momento ninguém cogitava a possibilidade de Flor de Liz perder a cria, porém, um sentimento de remorso se apossava de Dora ao ver Tobias e Ricardo tentando levantá-la, aproximou-se do animal dando um torrão de açúcar em sua boca.

_Venha Flor de Liz, venha aqui pegar essa gostosa cenoura. O animal tentava reagir, seu estado não estava muito bom.

_Ela não está reagindo.

_Ricardo o jeito é deixá-la ficar aqui mesmo. Eu durmo aqui com ela.

_Eu não tenho tudo o que preciso aqui para examiná-la. Mas devido ao seu estado, tenho que concordar que é melhor ela ficar aqui deitada, amanhã eu trago uma maca e as parafernálias que preciso para levá-la. Se o estado dela piorar mande me chamar imediatamente. Ela está medicada, deve dormir.

_Pode deixar.

Dora foi ignorada por eles, sai dirigindo-se para casa, o que mais queria era chegar até o seu quarto, ao parar na porta viu o que seus amigos tinham feito; havia vasos quebrados, comida espalhadas nos sofás e tapetes, copos espalhados e quebrados, pratos em cima do sofá, no chão e aparadores, andando no meio daquela bagunça olhou as roupas íntimas deixadas no chão e em baixo da mesa. O pior estava por viu quando chegou no seu quarto, encontrou a porta aberta, ao entrar viu que tinham usado sua cama, estava toda desarrumada, o banheiro molhado, as toalhas molhadas, tudo uma bagunça.

_Bando de idiotas, não sabem diferenciar uma festa de uma baderna.

Pegou uma toalha limpa, tomou um banho, vestiu a sua camisola vermelha curta ninguém estava acordado para vê-la. Foi a sala e pegou tudo o que encontrou, arrumou o melhor que pode. Sentia-se exausta, mal deitou na cama e pegou no sono. Acordou tarde naquele domingo, olhou para o relógio, sabia que Jonas e Ana iam a igreja, virou para o outro lado, ficou mais dez minutos sentindo a cabeça pesada, levantou, a cabeça girava, tomou um banho frio, o dia estava quente, lavou os cabelos louros combinando com os olhos verdes herdados do pai, passava o sabonete pela pele alva, o rosto rosado. Após passar o creme pelo corpo e o filtro solar, vestiu-se para cavalgar, adorava o vento agitando seus cabelos, dava-lhe a impressão que levava tudo de ruim para longe, chegou perto de trovão, amava aquele animal, não se perdoaria se algo acontecesse com ele ou com qualquer outro, olhava para a baia vazia de Flor de Liz.

_Chico, por favor, prepare o Trovão, eu volto em dez minutos.

Voltou para casa, ao sentar-se para tomar o seu café da manhã Tobias entra cumprimentando Ivete e ignorando Dora.

_Bom dia Ivete.

_Bom dia senhor Tobias. - respondeu ela toda respeitosa com ele.

Dora olhava para ele não acreditando que ele se servia ignorando totalmente sua presença.

_Como esta Flor de Lis? - perguntou.

_Esta bem, instável. Não graças a você.

_O que queria que eu fizesse? Que ficasse com ela a noite toda?

_Eu fiquei.

_Então ela não estava sozinha.

_Você deveria ter ficado lá para quando a levassem. - disse tranquilamente servindo-se de pão com queijo.

_Você…- Dora olhou para ele com a xícara suspensa no ar.- acho que entendi. Você queria que eu ficasse lá junto com você.

_É você quem está dizendo isso. Acho melhor tomar o seu café bem reforçado por que tem uma jornada não muito agradável para hoje.

_O que você está querendo dizer com isso?

_Que você vai ter que pedir desculpas a todos pelo que aconteceu ontem.

Dora não acreditou no que estava ouvindo, até mesmo Ivete voltou-se para olhar Tobias, ao perceber que Dora a observava virou para o fogão.

_O que você pensa que é para me dar ordens?

_Uma pessoa sensata, o que na certa demonstrou ontem que não é.

Dora sentindo-se indignada levantou da cadeira colocando as duas mão sobre a mesa encarando Tobias ao dizer:

_Nunca mais fale comigo nesse tom. Você é somente meu empregado, come na minha mesa e ainda quer passar sermão e me dar ordens?

_Reflita sobre o que aconteceu ontem. Olhe para ao estado da piscina, veja como seus animais foram tratados e as pessoas que você diz que ama.

Ele se levanta encarando ela, empurra a cadeira deixando a cozinha. Constrangida com aquela verdade sendo jogada na sua cara de uma forma nua e crua por ele, olhou sem graça para Ivete, parecia que precisava de uma palavra de consolo.

_Vai ficar ai parada Ivete? - disse rispidamente para a moça deixando a cozinha.

Tobias olhava para ela com aquele olhar de quem não estava nada satisfeito com o seu procedimento.

_Mimada, muito mimada! - dizia descendo a pequena escadaria da casa que dava para os estábulos.

Ele conhecia o caráter de Dora, sabia que ela faria a coisa certa, fez um comunicado a todos que ficaram parados esperando por Dora. Ela não demorou a aparecer vendo todos os seus empregados reunidos. Tomou folego, engoliu seu orgulho mostrando um pouco da dignidade que ainda lhe restava caminhava lentamente pensava no que ia dizer a cada passou que dava. Tobias sorria ao vê-la quase engasgando tossindo para limpar a garganta. Ela estava parada na varanda da casa ao seu lado estava Ana e Ivete.

_Obrigada por todos estarem aqui, sei que todos tem muito trabalho por causa da semana da colheita, prometo ser breve e não tomar muito do tempo precioso de vocês. Sei também que hoje é dia de descanso e que vocês merecem muito pois, estão dando o máximo. Na realidade eu vim pedir desculpas a vocês, por tudo o que aconteceu ontem. No tempo do meu pai isso jamais teria acontecido, eu sei que perdi o controle da situação deixando-os com muita liberdade. Isso não vai voltar a acontecer, é uma promessa, e quem me conhece sabe que eu sempre cumpro com as minhas promessas.

_Nós conhecemos você muito bem patroa. - disse um dos homens presente.

_No tempo do seu pai isso nunca teria acontecido. - disse outro.

_É verdade...

_O que deu na sua cabeça patroa? - argumentou uma das mulheres.

Dora olhava para eles querendo lhes dar uma resposta plausível, mas não conseguia articular palavra alguma que pudesse esclarecer.

_...eu...

_Patroa, eles destruíram muitas coisas pela fazenda. Todos resmungavam ao mesmo tempo.

_Eu sei, eu sei. Ainda não avaliei a situação toda. Gostaria que cada um de vocês fizessem junto ao Jonas e ao Tobias que fizesse um levantamento. Sei que não deve ser pouca coisa.

_E não é mesmo!

Dora olhava procurando aquela voz no meio deles, quando vê Tobias caminhando em sua direção.

_Estou vindo agora do laboratório onde esta Flor de Liz. - ele fez uma pausa parando bem em frente a ela, diante do silêncio o medo dentro dela crescia – Flor vai ter que ser operada.

_Não! - com a mão na boca Dora continha um grito não acreditando que poderia perder sua preciosa égua ou o seu filhote. - E o filhote? - perguntou com os olhos cheios de lágrimas.

_Está comprometido, vai ter que ser retirado. Ricardo disse que não há chances de levar a gestação adiante ou pode comprometer a vida do animal.

_Tudo culpa dos seus amigos patroa.

Dora sentia toda a culpa sendo jogada sobre seus ombros,

não consegui articular uma única palavra se quer. Tobias continuava a lançar sobre sua cara toda a culpa.

_Essa sua festinha não tinha procedência. Foi o seu egoismo que fez com que todos nós fossemos afetados. Você sabe muito bem que não estávamos em condições de esbanjar, estamos na semana da colheita onde toda a mão de obra é bem-vinda. Gastou milhões para trazer os melhores embriões, não só a vida de uma das mais valiosas éguas esta correndo perigo como perdeu um embrião já em estado bem avançado. A safra de laranja esse ano é menor dos últimos anos. Vamos ter que dar prioridade a exportação comprometendo a importação para as fabricas de suco local. Não temos como manter o consumo aqui.

Dora gostaria de saber o que dizer, não conseguia rebater os argumentos de Tobias, aquelas verdadeiras e duras palavras, aqueles olhares de reprovação de seus empregados que antes a tinha em estado elevado de estimação estava agora abalado.

_O trabalho de todos nessa fazenda esta seriamente comprometido.

Todos estavam parados olhando para ela esperando uma resposta, antes que pudesse dizer algo em sua defesa, Tobias continuava sem lhe dar uma única chance de resposta, a enxurrada de acusação contra ela era despejada sem piedade, tinha decepcionado todos que dependiam dela.

_Isso quer dizer que esse ano não vamos participar da feira internacional? - perguntou uma das mulheres para Tobias.

_Eu sei que é frustrante para todos, mas a verdade é essa. A decepção foi geral.

_Essa feira não é mais importante do que nossos empregos. - dizia Tobias - Vamos passar por essa crise se nos mantermos unidos, trabalhando com vontade.

A Aclamação alvoroçada, inflamava as palavras dele, fizeram Dora se sentir pequena e inútil. "Ele é um líder nato", pensou. Agora ela seria motivo de chacota, Tobias olhou para ela dizendo:

_Todos nós "seus empregados", - dizia enfatizando as palavras, mostrando a ela que sabia a sua posição ali – esperamos que daqui por diante, você volte a te juízo. Sabemos da sua competência, mas nos últimos meses só tem feito coisas erradas e pode por tudo o que seu pai construiu em ruínas. Como o que aconteceu com a fazenda ao lado. Não deixe o seu orgulho e a sua vaidade pessoal falar mais alto.

_É verdade! - todos murmuravam confirmando o que ele dissera.

Agora ele a tinha humilhado bastante, reunindo toda sua coragem que julgava perdida
disse:

_Isso nunca mais vai acontecer, é uma promessa.

Virou as costas deixando todos. Trancou-se no seu quarto, não tinha mais coragem de encarar ninguém, tinha perdido o controle da sua fazenda para Tobias, desde sua chegada ele havia tomado conta de tudo, queria tomar conta de sua vida também. Chorava copiosamente por horas até ouvir uma batida de leve na porta.

_O que foi? Quero ficar sozinha.

_O almoço está pronto, eu fiz sua comida favorita, - dizia Ana carinhosamente do lado de fora - não demore.

_Não estou com fome, obrigada.

_Todos estão esperando você.

_Que comam sozinhos, eu não estou me sentindo bem.

_O que você têm filha? Precisa de alguma coisa?

_Nada de mais, só quero ficar aqui e descansar o resto do dia.

_Isso não está certo.- reclamava Ana - O dia está lindo lá fora.

Dora ainda não tinha aberto as cortinas da janela de duas folhas que dava a visão do seu lindo jardim e da piscina. Não era a visão que gostaria de ver aquela manhã. Não queria se refugiar na sombra de sua querida árvore que ficava no meio de sua propriedade, não queria nada, tinha que se recuperar de tudo aquilo, tomar coragem novamente para encarar todos. Tobias apareceu na sua fazenda e sua vida nunca mais foi a mesma. "Queria que ele fosse embora da minha vida".

CAPÍTULO VII

Ana havia deixado um carrinho e uma bandeja com o seu jantar na porta, mesmo não gostando da atitude de Dora, não queria ver a patroa sem alimentação.

_Mais cedo ou mais tarde vai ter que encarar todos e, ninguém melhor do que você para saber como dar a volta por cima.

_Amanhã talvez.

Não podendo fazer nada foi para os seus afazeres na cozinha.

Realmente Dora não saiu aquele dia, na manhã seguinte tinha um encontro com um dos seus clientes, um empresário no ramo de sucos. A reação dele não poderia ser muito boa diante das notícias que tinha. Tomaria seu café na rua, saiu antes de ver alguém acordado, estava dirigindo-se para sua caminhonete, ainda estava escuro quando foi abordada por Tobias.

_Eu vou com você.

Dora abriu a porta da sua caminhonete dizendo:

_Não eu vou sozinha. Isso é assunto meu.- saiu não dando chance alguma para ele.

Um certo alívio se abateu sobre ela ao cruzar o grande portão de entrada da fazenda. Chegou ao escritório do empresário Edmílson Roseira, ele levantou assim que

Dora foi anunciada pela secretaria.

_Dora que prazer em vê-la.

_O prazer é meu. Como vai Edmílson?

_Tudo indo muito bem e você? Sente-se eu vou assinar uns papéis e podemos ir almoçar.

Você não se importa de esperar/

_Não, eu aguardo você.

Dez minutos depois ele estava livre para sair, os dois foram juntos para um restaurante que ficava no décimo oitavo andar do mesmo prédio. Feito os pedidos começaram a conversar.

Dora expunha a ele toda a situação da sua fazenda, prestava bastante atenção a fisionomia exasperada do seu cliente e amigo, não era nada boa.

_Assim você quebra minhas pernas Dora.

_Nem vamos poder participar da festa anual.

_Que pena !Eu adoro tudo o que vocês produzem.

_A Ana é quem faz tudo, ela é ótima, tem mãos de fada na cozinha.

_Quer dizer que esse ano não vou poder provar os quitutes da Ana.

_Oras não precisa da feira para provar os maravilhosos quitutes da Ana. Aparece lá na fazenda qualquer hora.

_Sério? Seria um prazer.

_Claro. Leve a esposa e os seus filhos.

_Estou divorciado!

_Que coisa Edmílson, mas aparece mesmo assim tem muito lugar para as crianças brincarem.

_Eles vão adorarem se não forem viajar. Posso levá-los esse fim de semana, tudo bem?

_Beleza pode vir a hora que quiser.

Dora nem acreditava que tinha sido mais fácil do que imaginou, voltava para a casa com o coração apertado. Edmílson teria que ter muito trabalho tanto quanto o ela, não acharia produtos de boa qualidade e bom preço, não naquela época. Sua fazenda já estava a vista, um sorriso de alegria e satisfação por aquela propriedade tão linda ser sua, sabia como seu pai tinha dado duro para deixá-la como é agora, ele e sua mãe gostavam de tudo perfeito.

Estacionou o carro vendo Tobias sem camisa puxando um dos seus animais, ele e Chico estavam dando banho nos animais, um deles era o pé de serra, tinha se esquecido de que o dono do animal viria buscá-lo, já podia ver o caminhão que levaria para outra cidade. Chico secava ao sol o pé de serra, chegou perto dele ignorando Tobias que a olhava.

_Chico como está o serviço?

_Esse é o última patroa.

_Quando terminar pode selar o trovão, por favor?

_Claro patroa.

Seguiu para casa encontrando Jonas no caminho.

_O que você queria falar comigo Jonas?

_Depois falamos sobre o assunto, porque agora o empresário que comprou o pé de serra está na sala te esperando, olha o relógio uma dúzia de vezes. Tentei te avisar que ele viria hoje, mas você não me ouviu.

_Eu sei, vou falar com ele, obrigada Jonas.

Ao entrar na sala, Ana servia uma xícara de café a um senhor alto com um bigode espesso e do seu lado repousava no sofá um enorme chapéu.

_Querida menina Dora. - disse em tom alto levantando-se do sofá.

_Desculpe tê-lo feito esperar tanto.

_Que nada, foi uma ótima oportunidade de experimentar os melhores quitutes da cidade. - disse olhando para Ana com seu olhos enormes e simpáticos.

Dora sentou-se a sua frente numa pequena e confortável poltrona, a preferida de sua mãe para sentar e tricotar.

_Então, veio pessoalmente buscar o pé de serra.

_Vim porque queria conhecer o seu sistema de fertilização.

_Esta querendo entrar no ramo?

_Não, não! Eu tenho uma égua maravilhosa que eu gostaria que fosse fertilizada com o melhor embrião que eu puder pagar.

_Sei, eu tenho muitos garanhões se o senhor quiser...

_Eu sei disso, conheci seus cavalos, o seu empregado Tobias me explicou muito bem, mostrando os excelentes animais. Fiquei interessado em dois deles.

_E quais seriam?

_Um deles é o Trovão e outro é o Órion.

_O Trovão eu teria que levá-lo pessoalmente, ele não tão dócil quanto o Órion. Chico tem muito medo dele.

_Eu conheço a história dele e a sua. Seu pai me contou ainda aqui, nessa mesma sala. O Tobias é o único, alem de você, que eu vi domando aquele belo animal.

_Então, fica a seu critério, se quiser conhecer tudo bem, eu posso pedir ao Ricardo, que é o veterinário encarregado da fertilização lhe explicar tudo. Se quiser o Trovão eu vou achar uma maravilha, principalmente se estiver querendo fertilizar sua égua, a rosa linda.

_É ela mesma, está na idade.

_O que o senhor achar melhor.

_Se você fornecer o Trovão eu aceito.

_Ótimo, vamos falar com o Ricardo.

Ele levantou com toda aquela corpulência colocando com certa delicadeza a pequena xícara na mesa a sua frente.

No laboratório Ricardo explicava por cima como era feito o processo.

_O que o senhor Achou?

_O custo desse procedimento é muito alto para o meu bolso nesse momento, eu ficarei com Trovão e o Órion por enquanto.

_Muito bem, fico contente. Se quiser eu mesma levo ou mando o Tobias levá-lo ate sua fazenda.

_Se puder vai você menina Dora, a Suellen vai adorar revê-la.

_E a Sara, já voltou da Inglaterra?

_Chega essa semana, vai adorar ver você.

_Estou com saudades da minha amiga.

Dora levo-o para onde estava pé de serra, Tobias colocava o animal dentro do caminhão, Chico colocava feno e água, assim a viajem não seria tão desconfortável.

_O senhor fez um ótimo negócio. - disse acariciando o animal - Ele é um ótimo cavalo.

_Estou fazendo, você cuida muito bem desses animais Dora, continue assim. Dora não percebeu o olhar que Chico e Tobias trocaram.

_Eu me identifico com esses animais, eles me compreende muito mais do que os homens.

_Que isso filha, você é muito jovem, bonita. Não entendo porque não casou ainda. Deve ter vários homens correndo atras de você.

_Dora! - chamava Chico.

_Agora tem apenas o Chico.- disse vendo o rapaz correndo vindo de encontro a eles. Os dois riram do trocadilho.

_Esta tudo pronto, patroa.

_Obrigada Chico.

_Ele é um bom rapaz.
_O Chico praticamente é filho dessa fazenda.
_Não, eu digo do outro rapaz. - disse apontando.
_Ah! Ele é sim.
Dora olhava para Tobias ocupado demais para prestar atenção a conversa deles.
_Parece ser de boa família, é requintado demais, fala bem, me admirei ele ser seu empregado, ele não é daqui é?
_Não sei muito sobre ele, Jonas é quem o trouxe.
_O velho Jonas nunca se engana no seu julgamento.
_Espero que não.
_Ele fez alguma coisa para você pensar assim?
_Não, é que ele é metido a sabe tudo, conhece tudo, não sei não, fico desconfiada.
_Não acho que ele seja assim como me descreveu. - o velho senhor sorria, entendia tudo sobre dois jovens que se queriam e não se davam.

Ele se dirigiu para sua caminhonete para seguir o caminhão que levaria os eu animal. Deu uma pasta a Dora que continha o dinheiro da compra. - Eu ligo para você assim que deixar tudo pronto para receber o Trovão.
_Eu fico no aguardo. Mande beijos para a Suellen e peça para Sara vir aqui assim que chegar.
Ele tirou o chapéu seguindo o seu caminho.
_Obrigado! - disse Tobias chegando ao seu lado.
_Obrigado pelo quê?
_Por confiar em mim em levar o Trovão para você.
_Só porque o Trovão confia, não por outro motivo. Deus as costas para ele.
_Não se esqueceu de selar o Trovão, não é Chico?
_Não patroa, daqui a pouco pode pegá-lo.
_Ótimo.

Dora vestiu-se para sair com Trovão,sentia saudades de ficar sozinha com ele e correr pela propriedade com liberdade.

Pegou o animal fazendo carinho em seu pescoço, conversava carinhosamente com ele sem perceber que era observada por Tobias que ouvia toda a conversa.

Saiu a todo galope, queria mesmo era ficar sozinha para colocar os pensamentos em ordem, vagava por toda a propriedade para saber como andava as coisas, conversou com vários empregados, queria estar a par de tudo. Olhava para sua grande amiga, a falsa seringueira que ficava no meio da propriedade, deixou Trovão solto sentando-se ao pé da árvore. Sentia-se muito melhor, olhava para o horizonte quando vê Tobias vindo em sua direção montado em Órion. "Meu Deus, acabou meu sossego." pensava "Será que aconteceu alguma coisa?" Tobias se aproximava cada vez mais, deixou Órion pastando ao lado de Trovão olhando para Dora que estava cabisbaixa.

_O que você esta fazendo aqui? - perguntou sem olhar para ele.

_Procurando por você.

_Eu quero, eu preciso ficar sozinha se não se importa.

_Me importo sim.

Agachou pegando no braço dela fazendo-a levantar-se.

_Solta meu braço Tobias. O que você quer comigo?

Nada respondeu, apenas a puxou para si trazendo a para seus braços, por um momento ficaram se olhando sem reação alguma, com a mão solta, Tobias segurou o rosto de Dora beijando-a com ardor. Aos poucos os dois vão se entregando uma ao outro aquele momento de prazer. As mãos dela vão subindo devagar pelo pescoço de Tobias chegando aos seus cabelos fartos que ela toma com vontade entrelaçando seus dedos puxando-o para si intensificando o beijo.

Tobias apertava em seus braços, beijando-a como se a fosse devorar, o desejo crescia cada vez mais entre eles. Tobias ergueu a cabeça dizendo:

_Eu te amo Dora, quero você.

_Não podemos. - disse com os olhos ainda fechados esperando ser novamente beijada.

_Porque não? Eu nunca me casei, não tenho compromissos com ninguém, você também
não.

_Eu sei, mas não é isso.

_O que é então?

_Somos diferentes.

_Diferente em quê criatura?

_Oras, nossa classe social Tobias.

_Ah! Entendi.

A fisionomia de Tobias havia mudado, o valor do beijo não era mais o mesmo, ele a solta.

_Não fique chateado, podemos fazer muitas coisas juntos sem nos envolvermos
oficialmente.
_Claro! Como o quê, por exemplo?
Dora fazendo uma cara bem sensual aproximando dele disse:
_Você sabe, eu não preciso dizer.
_Acho que precisa ser mais clara sim.
_Tobias, você não é criança, para um bom entendedor um pingo é letra.
_Então decifra para mim esse "pingo".
_Oras, Tobias! - Dora passava os braços pela cintura dele juntando seus corpos, puxando a cabeça dele para si deu um longo e sensual beijo em Tobias.
_Você não consegue imaginar sobre o que estou dizendo?
Sua voz não deixava duvidas sobre o que ela queria dizer realmente, Tobias afastou-se dela.
_Por que faz isso comigo Dora?
_Isso o quê? - dizia puxando-o pela camisa.

_Você me trata como um dos seus amiguinhos palhaços, eu não sou um brinquedo seu como o Ivan.

_E quem lhe disse que eu te considero assim?

_E não considera?

_Não!Olha Tobias, eu não sei o que você quer. Eu não posso lhe dar mais do que isso.

_Não pode ou não quer?

_Não posso.

_Você continua a fazer papel de criança mimada. Dora detestava que a chamassem assim.

_Por que me trata como criança? Eu sou uma mulher.

Ele a puxou para si novamente, agora com mais brutalidade.

_Eu sei disso.

O beijo foi mais ardente e tempestuoso.

_Eu te amo Dora como sempre te amei. Dora afasta-o olhando intrigada para ele.

_Como assim, "sempre me amou"?

_Desde da primeira vez que eu te vi.

_Ah, você me assustou.

_Porque?

_Sei lá,como alguém pode amar em tão pouco tempo?

_Deixa eu cuidar de você Dora.

_Eu não preciso de alguém para cuidar de mim. - Dora sorria inocentemente. Tobias a solta novamente, detestava aquele sorriso malandro no rosto de Dora.

_O que você realmente quer?

_Eu? Nada, não estou pedindo nada.

_O que acha que vai acontecer com o seu futuro? Acha que vai aparecer um príncipe montado num cavalo, ajoelhar aos seus pês e te pedir em casamento?

_Eu sei que nada disso vai acontecer. Por que vivemos num mundo real, não é uma novela onde tudo termina feliz.

_Ao menos você sabe diferenciar

_Não sei o que você espera de mim.

_Que me aceite do jeito que eu sou, que não tente me mudar.

_E porque eu faria isso?

_Por estar apaixonada, ora! - Tobias abria os braços ao falar.

_Quem foi que lhe disse que estou apaixonada?

_E não esta?

_Não, é obvio que não estou.

_Porque me beijou com tanto ardor?

_Eu sempre beijei assim.

_Duvido que você beija o mauricinho assim.

_Não, assim não.

_Esta vendo? Eu sabia disso...

_Ele eu beijo melhor. - disse provocante, antes que Tobias terminasse de falar.

_Você esta brincando comigo Dora. Esta me achando um moleque?

Tobias virou as costas para ela, seguia em direção ao animal mas, foi seguro por Dora.

_Não é isso, não precisa ficar nervoso.

_O que é, então?

_Apenas não quero levar nada tão a serio quanto você quer. Sou jovem ainda para me preocupar com casamento, filhos, etc. tenho uma vida boa sozinha.

_Se divertindo com um e outro cara que aparece.

_Não quero me prender a ninguém.

_Muito bem Dora! Você não sabe o que esta perdendo.

Terminando de falar Tobias monta no animal que estava comendo o pasto tão concentrado, saiu em seguida.

_O que estou perdendo, hein? - gritou ela, não pode ser ouvida, Tobias já estava muito longe.

_O que ele quer meu Deus? - perguntava-se.

Dora ficou por ali o resto da tarde, ao voltar bem devagar já estava noitinha. Ana sempre

cuidou muito e até mimava demais Dora, olhava-a subindo os degraus em sua direção, estava de braços cruzados com aquela cara que Dora já sabia que ia levar uma bronca.

_Onde esteve a tarde toda mocinha?

_Por ai, vagava pela propriedade, queria pensar um pouco. - disse abraçando a velha senhora de rosto bondoso.

_Eu fiz aquele bolo de mandioca que você adora para o lanche da tarde, mas acho que vou ter que dar para outra pessoa.

_Poxa, eu não vou deixar, apos o jantar você me dá um generoso pedaço para compensar junto com aquele doce de abobora que você fez, hum, já estou com água na boca.

_Como você sabe que eu fiz doce de abobora?

_Estou sentindo o cheiro delicioso desde longe.

CAPÍTULO VIII

Na hora do jantar sentiu falta de Tobias na mesa que não apareceu.

_Onde ele esta Ana?

_Jantando junto com os outros empregados.

_Por que isso agora?

_Não sei!

Os meses foram passando rapidamente, nunca mais Tobias a abordou novamente para lhe roubar um beijo delicioso, ele a tratava profissionalmente, via nos olhos dele a indiferença que antes não tinha. Ivan estava mais presente do que nunca, depois da loucura da festa os dois tinham mudado de comportamento, ele a tinha pedido em casamento.

Dora não tinha conhecimento de que os negócios do pai de Ivan não iam muito bem das pernas, teria que pedir falência mais cedo do que previra, se não arrumasse uma quantia astronômica a tempo de salvar seu patrimônio. Dora conhecia a família de Ivan, filho de um rico empresario do ramo de fertilizantes e adubos químicos, Dora era uma de suas mais fiel cliente. Todos já sabiam que Dora e Ivan iam se casar, o anuncio num importante jornal fez o meio social comentarem sobre o belo e perfeito casal que os dois formavam, apenas na fazenda Harmonia o clima não era um dos mais felizes com a noticia. Muitos empregados diziam que iam se retirar para outro lugar quando o casamento se realizasse.

_Tem certeza de que é isso mesmo que você quer filha?

_O que foi agora Ana? O que a esta preocupando?

_Eu não vejo futuro com esse moleque, seu pai não o aprovaria tenho certeza, sua mãe poderia lhe dar bons conselhos se ainda estivesse aqui, porque você não me ouve mais.

Dora ajeitou os cabelos, espirrou um delicioso perfume sobre o corpo dizendo:

_Ana não se preocupe, é apenas um noivado, não estou casando ainda, tem muito tempo para isso.

_Porque ficar noiva, então?

_Os pais dele estão pressionando para que ele assuma os negócios da empresa.

_E precisa casar para isso? Você sabe como ele é inconstante.

_Ele mudou Ana. Não vai mais para aquelas festas, não faz mais as besteiras que fazia antes. Acho que colocou a mão na consciência e parou para pensar que já estava na hora de se acertar na vida, assim como eu.

_Espero que você esteja certa filha, para o seu próprio bem.

_Ana você se preocupa demais da conta. - imitava a voz da senhora sorrindo.

_E você de menos. O Tobias por exemplo...

_O que tem ele demais? - cortava a conversa.

_Tudo de bom que um homem precisa ter, honesto, trabalhador, sincero, humilde e um bom partido para uma mulher como você.

_Como assim?

_Você não percebe, mas está cheio de moças atrás dele.

_Tudo xucras de certo.

_Você é que se engana Dora, lembra daquela filha do seu Agnaldo? uma moça muito bonita que veio ao lado do pai quando este veio fazer negocio com o sitio que seu pai queria tanto comprar.

_Sim acho que me lembro, mas ela era apenas uma criança.

_Agora é professora formada, muito bonita por sinal. Sempre vem buscar leite nos finais de semana, logo pela manhã, passa para dar um olá para o Chico com os olhos no Tobias que não é bobo nem nada e já estava de prosa com a moça.
_E por que está me contando isso?
_Porque ele é um bom moço, conheço quando um homem esta apaixonado, ele esta e não é por ela. Você deveria ter um rapaz assim, honesto e trabalhador.
_O Ivan é tudo isso e ainda me adora...
_Ele também filha, apenas você não percebe o quanto.- respondeu a senhora esperando ver se afilhada fosse ficar abalada com a noticia, mas nada na sua fisionomia demonstrava tal atitude.

Dora continuava a se arrumar sem se deixar levar por aquelas palavras e não respondeu.
Ana desolada com atitude dela deixou o quarto triste por saber o destino da pobre moça.
Os convidados estavam espalhados pela casa, os pais de Ivan fazia a vez dos anfitriões, ao entrar na sala Dora foi recebida com aplausos pelos amigos e familiares, na maior parte de Ivan.
_Minha querida Dora, venha conosco. - dizia Gilda, a mãe de Ivan. Dora ficou ao seu lado e de seu Miguel recebendo seus convidados.
_Você esta linda minha querida. - disse Helena sua madrinha, tia de sua mãe. - Esta cada vez mais parecida com sua mãe.
_Eu sei tia obrigada. - Dora olhava procurando por Ivan - Por que o padrinho não acompanhou?
_Ele está em Genebra na Suíça filha, numa feira de

agropecuária. Ligou hoje me pedindo que falasse com você em nome dele, pediu desculpas por não poder compartilhar esse momento tão único na sua vida. Ele sempre se preocupou muito com você.

_Eu fico agradecida.

Dora afastou-se da madrinha para perto de outros convidados, sabia que não dizia a verdade, "eles sempre se preocuparam mais com o próprio bolso do que comigo." Guilherme estava ao lado da esposa num canto isolados dos outros convidados, acenou para ele que timidamente respondeu. Não via Jonas e nem Tobias por ali, puxou o braço de Ana levando-a para um canto e perguntou:

_Porque o Jonas e o Tobias não estão aqui? E o Antônio e a família? Eu convidei todos da fazenda.

_Estão todos reunidos no campo, em torno de uma fogueira.

Dora sabia que todo aquele tempo Tobias se esquivava dela e não tinha conseguido ficar a SOS com ele. Via Ivan conversando animadamente com o pai de um dos seus amigos, aproveitou-se que ele não a estava olhando e saiu para o jardim. Olhava a fogueira do churrasco promovido para os empregados, Guilherme e a esposa se dirigindo para lá, tentou ir até onde os empregados estavam se reunindo, mas as chuvas dos últimos dias tinha deixado a terra muito molhada, seu sapato de salto entrava na lama, seu vestido comprido não era apropriado para o campo.

Olhava para o seu lado esquerdo em direção ao pomar quando algo lhe chamou a atençao. Firmava os olhos na escuridão vendo Tobias muito bem arrumado, ele vestia uma calça jeans escura, camisa clara com as mangas dobradas até o cotovelo, encostado numa das mangueiras com a bota na árvore, um copo na mão e com ele uma moça, de saia florida, blusa tipo bata e uma sandália de salto pequeno. O que Dora mais observava era as pernas da moça a mostra. Para o campo ela estava até muito ousada.

_Saia bem não descente para uma professorinha.

Ficou ali parada olhando os dois conversando animadamente, Tobias ria de algo que ela falava, a mania da moça era falar e tocar no braço dele. Tobias percebendo que alguém olhava para eles virou-se em direção onde Dora estava parada. Ele a olhou chegando mais perto da moça que nada percebeu da sua intrusa presença. Dora viu ele cochichando algo no ouvido da moça que ria do que ele lhe dissera.

Cheia de ciumes voltou pra dentro da casa sendo abordada por Ivan.

_Onde esteve?

_No jardim, esta muito quente aqui dentro.

_Poderia ter me chamado.

_Não queria atrapalhar sua conversa com o Marcos.

_Tudo bem, meus pais acham melhor começarmos o jantar, pois, a Ana disse que podemos anunciar.

_Então anuncie.

Era tudo o que ele queria, se já se achava dono da casa com toda essa autoridade encheu o seu peito pomposo e disse em alto e bom tom para todos.

_O jantar esta servido, poderiam nos acompanhar, por favor. - disse estendendo o braço mostrando o caminho.

Os convidados foram se acomodando, Ivan ficou na ponta, honra que era do pai de Dora, que ficou ao seu lado dando a outra ponta ao pai dele,odiou aquilo, sabia que tudo tinha sido feito por Gilda toda sorridente ao lado do marido olhando o filho como dono de tudo. O pior veio depois com o discurso do pai de Ivan, além de levar meia hora falou sobre o pai de Dora cada absurdo que sua madrinha tinha deixado a taça sobre a mesa fazendo um barulho chamando atenção de todos. Ela cochichou no ouvido de Dora.

_Nunca fiquei sabendo que seu pai teve que tirar comida os empregados para economizar nas despesas e poder plantar mais laranjas. Isso é um absurdo de muitos que esse homem falou.

Dora teve que admitir e intervir pedindo a Ivan que falasse para o pai acabar com o discurso.

_Pai! - chamou ele - Acho que esta na hora de brindar por que todos nos estamos com fome.

Todos riam, menos Dora e sua madrinha.

_Esse meu filho, não tem modos. - disse sentando.

Ana e as demais serviam os convidados, a fisionomia da senhora era cizuda, não sorria nem para Dora, mas sua comida estava deliciosa como sempre, podia observar os seus convidados elogiando cada prato servido.

Com o fim do jantar todos se dirigiram para outra parte da sala onde estava o bolo que iam servir com champanhe. Dora procurava por Guilherme e a esposa, Jonas e Tobias, não os via por ali, nem a tal professorinha que estava com ele horas atras. Não havia nenhum deles para ver quando Ivan fez o pedido colocando a aliança no dedo dando lhe um beijo. Dora procurava uma maneira de escapar dali, não conseguia. Após os pais de Ivan irem embora e sua madrinha, saiu sem problemas deixando todos os outros na casa com Ivan.

Sua intenção era encontrar Tobias, procurou pelo jardim, o pomar, não estava em lugar algum. ao longe ainda podia ser vista a fogueira com muitos a sua volta, a cantoria por todos e o churrasco sendo servido, olhava seus saltos, não conseguiria com eles, voltava para a casa quando ouviu o barulho de cascos batendo na porteira, com um sorriso no rosto foi seguindo o barulho. Trovão estava impaciente, parecia que reconhecia seus passos, estava agitado devido ao barulho excessivo.

_O que foi querido? - o animal bufava empurrando sua mão com o focinho.- Não vai dizer que ficou com ciumes? Abraçou o pescoço dele fazendo carinho.

_Só você me entende, se eu tivesse sorte com homens como eu tenho com você estaria muito bem casada.

_Não precisa casar-se com Trovão. - disse Tobias atras dela assustando-a. -Eu me caso.

_Para de me assustar.- Dora virou-se novamente para o animal.

_Ouviu? Ainda da tempo, é só você dizer uma palavra ou um gesto eu sou todo seu.

_Já lhe disse que é impossível para nos ficarmos juntos.

Tobias estava sem camisa, chegou bem perto dela dizendo no seu ouvido.

_Nada é impossível pra o amor princesa.

Ele foi tirando o cabelo dela do pescoço beijando. Aquele contado com os lábios quente de Tobias fez seu corpo todo contrair-se de prazer.

_O que foi amor? Me diz o que esta sentindo.

_Eu preciso ir embora...

_Você sabe...

_Ah, seus convidados que ainda estão na sua casa. - Tobias falava suavemente ao ouvido dela, não parou de beijar-lhe o delicado pescoço e os cabelos.

_Não Tobias, eu não posso. Agora estou comprometida. - aquelas palavras não convenceu nem mesmo ela de que realmente nada queria, sentia a boca quente dele ainda sobre o seu pescoço roçando-lhe o ombro nu, o desejo era tanto que se segurava para não agarrá-lo e forçar a um longo beijo.

_Tudo bem, eu não vou forçá-la ao que não quer. - virava lhe as costas saindo com a camisa nas mãos.

_Espere! - disse Dora sabendo que poderia não ter outra chance como aquela.

Tobias parou diante de uma baia vazia. Dora chegou perto dele pegando-o pelo pescoço puxando-o para um beijo ardente e apaixonado, cheio de loucura e desejo. Tobias a puxou para dentro da baia onde havia feno novo e fresco, tudo limpo e convidativo, caíram abraçados sobre o feno macio.

Tobias apertava Dora em seus braços segurando-a pelos longos cabelos, ela entregava-se totalmente aquela louca paixão que sentia por ele.

_Eu a amo Dora é verdadeiro o meu amor.

_E a professorinha?

_Quem? Você esta falando da Lia?

_Lia? Nossa não sabia que estavam tão íntimos assim.

_É claro que não sua bobinha. Ela não é nada comparada a você que sempre ofuscou todos ao seu redor.

_Você quem diz.

_Agora que tal pararmos de falar e...eu te encher de carinhos.

_Eu ia adorar.

Tobias rolou por cima dela beijando-lhe o rosto todo até chegar aos lábios que ele puxava com os dentes carinhosamente, Dora delirava, o fogo crescia correndo por todo os eu corpo ardendo o seu coração. Passou sua perna por sobre a dele deixando que aquele delicioso delírio tomasse forma, não pensava em nada e nem em ninguém que não fosse neles.

Tobias corria a mão por sobre todo o corpo de Dora excitando-a.

_Adorei você aparecer. - dizia entre a confusão de fenos

que faziam - A noite esta própria a namoros.

_Foi surpresa para mim você esta aqui, achei que estava com a professorinha.

_Vamos esquecer dela, por favor.

_Você não a estava beijando, estava?

_Eu nunca a beijei. Bem que ela gostaria que o fizesse.- disse provocativo.

_Seu metido!

As mãos dele trabalhavam suavemente sobre o corpo de Dora que parecia uma criança entregue ao colo quente e seguro. Sentia-se arrebatada desde do inicio, agora sabia que estava no céu, andando ao lado dele no paraíso. Dora não lutava mais contra o que sentia, pensava apenas no desejo despertado que ardia no corpo, chegando até seus lábios sequiosos por beijos.

Queria saber como seria fazer amor com ele, estando tão próxima disso acontecer que ela teve que afastá-lo um pouco.

_O que foi amor?

_Tobias, acabei de ficar noiva hoje e já estou traindo. - tentou levantar-se - Eu preciso voltar para casa.

Ao terminar de falar ouve Ivan chamando por ela.

_Dora! Você esta ai?

Ela colocou a mão sobre a boca de Tobias que a beija até o cotovelo, chegando até a boca ardente sequiosa por mais beijos, os lábios de Dora pedia, ele a segurava impedindo-a de qualquer movimento. Ouviram a voz insistente de Ivan, até desaparecer.

_Olha só o que você me fez fazer. - disse.

_Eu? Você esqueceu de que foi você que veio aqui?

_Não com essa intenção.

_Sei! Então qual foi a sua intenção?

Dora levantou ajeitando o vestido tentando tirar todo o feno.

_Olha só? Está todo amarrotado e cheio de feno, O que vou fazer?

_Volta para cá.- respondeu calmamente.

_É o que você quer! Mas não vou lhe dar esse gostinho.

_Ah, que pena!

_Esta se divertindo, não esta?

_Eu simplesmente amo tudo em você.

Dora não respondeu conhecendo o atrevimento dele, saiu ajeitando os cabelos, tomou rumo diferente ao de Ivan chegando ao jardim antes dele. Subia os degraus ao ouvir sua voz.

_Por onde esteve?

_Oi...querido, onde estive?

_É onde esteve? Eu te procurei por todo lugar e não te encontrei em lugar algum. - ele olha para ela desconfiado - Esta toda amarrotada seu lindo vestido, minha mãe não vai gostar de ver.

_Eu...

_Por que Dora?

_Eu...- engasgava ao tentar completar a frase que não saia porque via Tobias parado olhando para os dois - Estive lá...-apontava na direção da fogueira - com os empregados.

_Eu já estava indo para lá, mas tem muito barro, como passou?

_O Chico me ajudou.

_Como? -Ivan insistia em saber.

_Oras Ivan, agora não convêm deixar os convidados esperando.

_Todos já se foram, só esta a nossa galera. Vamos varar a noite comemorando. Afinal não é sempre que você fica noiva de um Mendonça Rotelho.

Dora olhou para ele com cinismo.

_É verdade.

Na sala a bagunça era geral, eles não eram como só pais, elegantes e cuidadosos com os objetos. Dora estava cansada de tudo aquilo sentia que não era mais o seu meio.

_O que foi querida? Não esta curtindo?

_Estou sim, mas estou muito cansada.

_Vai dormir, eu fico aqui com a galera.

_Se eu deixar vocês sozinhos vão ser capazes de colocarem a minha cada a baixo.

_Nossa casa, não se esqueça. - disse apertando o nariz dela. - Estamos noivos e vamos cuidar de tudo sozinhos.

Aquela afirmação feita por ele fez o coração de Dora tremer. Temia pelo futuro que não lhe parecia promissor, levantou do sofá dizendo:

_Diga a todos que a festa acabou.

_Porque?

_Amanhã vou buscar uma amiga que ha muito tempo não vejo.

_Quem?

_A Sara, filha do seu Astolfo.

_A Sara pintadinha?

_Não começa Ivan. Somos amigas desde criança, fomos criadas como irmãs. Eu não vou deixar que a maltrate colocando apelidos.

_Maltratar uma das mais rica herdeiras? Você esta brincando.

_Acho bom, acho muito bom. Agora faça o que lhe pedi.

Ivan obedecia prontamente, Dora entra no seu quarto tirando os sapatos, sentou na frente do espelho tirando as joias, ao olhar para mão sentiu falta da aliança de noivado.

_Meu Deus! - diz toda assustada e olhando para o chão. - Será que eu perdi a aliança no meio de todo aquele feno? O que eu faço?

Levantou-se da cadeira chegando na porta segura a maçaneta no mesmo instante que Ivan entra.

_Pronto querida, todos já foram como você pediu. Agora a noite é somente nossa.

Ivan a segurava pelos ombros impedindo que ela prosseguisse, não podia fazer nada

naquele momento, "espero que ele não preste atenção nisso." pensou ao se deixar levar para a cama.

Ivan foi tirando-lhe o vestido jogando-o no chão, ajoelhando de frente a ela tirava a camisa, olhando para Dora tentando ser sedutor, mas sua cara era de quem implorava por algo que não teria nunca.

_Você esta tensa querida, e nem é a nossa primeira vez.

_Você é tão sutil Ivan, quanto um elefante dentro de um apartamento.

Ivan não respondeu, começou a beijá-la, Dora sentia repulsa naquele beijo que ha muito tempo no passado tinha gostado. O que sentia agora era algo muito molhado e pegajoso, nada sensual, ele passou a língua na sua bochecha rosada deixando um forte odor de álcool e o gosto amargo do cigarro, não era o beijo que deveria ser, gostoso.

_Espera Ivan eu preciso escovar os dentes. - Dora dava uma boa dica para que ele seguisse seu exemplo.

Ivan apenas respondeu:

_Espero você voltar,

não demore. Olhou

para ele indignada.

_E você não vai escovar os dentes?

_Depois, vai tirar o gosto do seu beijo.

Era a pior desculpa que ela já ouvira. Entrou no banheiro fechando a porta, escovou os dentes tirando aquele gosto ruim de sua boca, olhava penalizada para sua mão vazia pensando na loucura que fizera com Tobias. Sentou no vaso sanitário querendo ainda sentir o gosto do beijo dele. "Que loucura meu Deus! Mas, foi tão gostoso e, por pouco não passamos do limite." Demorou tanto pensando no seu encontro com Tobias que ao voltar para o quarto Ivan dormia, roncava tão alto deitado de bruços na cama que pegou a chave do quarto dos pais e foi dormir.

CAPÍTULO IX

Os meses se passavam lentamente para o desanimo de Ivan, Sara estava hospedada na casa de Dora, sem que amiga desconfiasse que algo acontecia bem debaixo do seu teto.

Sara, sua melhor amiga apaixonou-se por Tobias logo que o viu montado em Trovão quando chegava no carro de Dora.

Ela ficara impressionada com a altivez daquele homem tão belo.

_Por quanto tempo vai ficar querida? - perguntou Ana Sara que olhava Tobias respondeu rapidamente:

_Até o casamento depois eu não sei...quem sabe.

O casamento de sua amiga era para o próximo mês, Sara reparava que ela não estava tão ansiosa como a maioria estaria no seu lugar, nem preocupada com os preparativos.

_No seu caso eu estaria ansiosa.

Dora não respondeu, nem queria perder o seu tempo.

Sara estava acostumada a levantar bem cedo na Inglaterra, não deixou esse costume quando estava na fazenda, todos os dias antes do dia amanhecer já estava de pé indo para os estábulos.

_Bom dia Tobias.

_Bom dia dona Sara.

_Já lhe disse para cortar esse dona.

_Desculpe, Sara.

Ela sorria para ele em resposta.

Tobias simpatizou logo de cara pela jovem amiga de Dora, ele se mostrou prestativo, todos os dias saíam juntos para cavalgar.

_Não sabia que você cavalgava.

_Aprendi quando estive morando na Inglaterra. Meus amigos da faculdade sempre cavalgavam na fazenda de suas famílias, e eu sempre estava junto.

_Sentiu muita falta daqui?

_Não muita. Para dizer a verdade eu não queria voltar, apenas fiz o que meu pai pediu.
_Deixou muitos namorados por lá com certeza. Sara olhou para ele pensando na resposta.
_Não, eu não deixei ninguém porque...
Não respondeu porque o animal em que Tobias montava relinchou assustado com um animal que havia passado pela estrada.

Numa dessas manhãs em que Sara estava conversando com Tobias enquanto esse selava lhe um animal, Dora chegava aos estábulos vendo os dois rindo juntos e conversando animadamente.
_Acordou cedo Sara. - disse Dora com ar de surpresa ao ver a amiga.
_Eu sempre acordei cedo, eu não gosto de sair para cavalgar no sol. - olhou para a amiga e continuou- Para não manchar a minha pele.
_Sei! - Respondeu desconfiada olhando o rosto alegre de Tobias.
_Obrigada pelo passeio Tobias. Você é um amor.
Dora ouvia aquelas palavras sentindo algo no ar, via a expressão de alegria no rosto dourado de sol de Tobias.
_Tudo bem ruivinha.
Se Tobias olhasse naquele momento para Dora com certeza morreria fuzilado pelo olhar que ela lhe lançou.
_Por que deixa um simples empregado te tratar assim, de forma tão intima?
_Que isso Dora. Tobias é mais do que um empregado, além de ser lindo e gostoso.
_Não me diga que esta interessada nele?
Dora falava seguindo os passos da amiga que voltava para

casa.

_Se ele me der uma chance eu pego aquele "pedaço de mal caminho" com unhas e dentes. Dora não esperava que amiga fosse gostar tanto de Tobias, não depois de ter morado muitos anos na Europa, mas o que realmente a perturbava era não saber o que ele estava sentindo
por ela.

_Não acredito que você tem uma queda por esse homem "xucro". Dora seguiu amiga até o seu quarto.

_Dora senta aqui! - Sara mostrava um lugar vazio ao seu lado na cama - Você sabe que vivi muitos anos fora, conhece os homens europeus tanto quanto eu, já foi casada com um deles. Sabe perfeitamente do que estou falando. Muito me admira você não ter reparado naquele homem.

_Vou me casar com o Ivan. Lembra-se? Ele é tão bonito quanto o Tobias, mas, de uma maneira clássica.

_O Ivan é bonito sim, tem um corpo maravilhoso, mas não tem nada na cabaçona dele. O Tobias ao contrario é inteligente, sabe conversar variados assuntos, sabe como se comportar com uma mulher, tem bom modos a mesa mesmo sendo "xucro" como você o classifica, o Ivan que é bem nascido é muito mal educado. Amiga, não tem comparação os dois. É como eu querer comparar água com o vinho.

_Não entendi!

_A água é para matar a sede, você bebe quando precisar. O vinho é para saciar a alma, o ego, você fica inebriado com ele, com a água não, entende?

Dora entendia tudo aquilo perfeitamente, Sara disse exatamente o que sentia quando foi beijada por Tobias.

_Entendo,mas não se deixe levar, esse tipo de homem não saberia viver no meio de mulheres da nossa classe social.

_Eu não me importo com a sociedade.

_Não?

_Não.- respondeu firmemente Sara - Quando eu chego perto dele meu sangue ferve, o ar parece rarefeito, sei lá amiga acho que ele mexeu demais comigo... - Sara olha para amiga e completa-...acho que estou amando.

Aquelas ultimas palavras foram como uma bofetada no rosto de Dora, era como laminas atravessando bem no meio do peito. Ela levantou-se rapidamente da cama.

_Você não pode...

_Não posso o quê? Estar apaixonada por ele?

_É, não pode.

_E porque não?

Dora andava de um lado para outro pensando no que ia dizer a amiga.

_Ele por acaso é comprometido?

_Isso, ele é comprometido.

_Serio?Ele é casado ou algo assim?

_Não sei direito, mas sei que tem rabo preso com uma professorinha da região.

_Ele não me disse nada a respeito.

_Já estão tão íntimos assim?

_Oras Dora, eu disse a você que ele é um homem inteligente, eu gosto de conversar com ele sobre todos os assuntos.

Dora queria saber por que Sara tinha se tornado tão intima de Tobias em tão pouco tempo em que estava em sua casa, tinha que ser sutil para não deixar ela desconfiada.

_Amiga, nós conversamos sobre todo tipo de assunto. Sobre tudo mesmo, politica, religião, negócios, sexo, tudo mesmo.

Dora arregalava os olhos para ela, não queria admitir que nunca tivera essa intimidade com ninguém, muito menos com ele. Não queria nem admitir que Sara era um partido tão bom quanto ela, sua família estava no ramo de gado de corte ha muitas gerações. O pai dela havia adquirido recentemente uma de suas potrancas, mas, nunca imaginou que a amiga fosse se apaixonar a primeira vista por Tobias. Sempre soube que Sara tinha gosto refinado para homens.

Estava inquieta no seu quarto, parecia pequeno demais desde que Ivan se acomodava nele, Dora dava muitas desculpas para que ele não ficasse amontoado na sua cama. Andava sem direção até que chegou aos estábulos, Chico limpava a baia de orquídea e Ivan trocava a ferradura dela, chegou bem perto dele se abaixando para lhe falar:

_Quero falar com você agora mesmo.

_Estou muito ocupado agora. Dora não se deu por vencida.

_O que eu tenho para falar é muito importante.

_Mais importante do que a saúde de orquídea que lhe deu tantas alegrias e uma conta no banco polpuda? Duvido.

Dora bufando levantou-se dizendo:

_Termine logo. - deu-lhe as costas saindo.

Tobias olhava para ela sorrindo de sua atitude, parecia que sabia o que ela queria falar com ele.

Meia hora depois Tobias veio ao encontro de Dora, limpando as mãos num pano.

_Estou a sua disposição por dez minutos, aproveite.

_Que historia é essa, você e a Sara?

_Sara? A ruivinha?

_Que intimidade é essa com ela? Ponha-se no seu lugar.

Tobias olhou para ela sentindo que estava com ciumes da amiga.

_Muito bem, se você não quer que eu a chame de ruivinha eu não chamo. O caso é que ela gosta de ser chamada assim.

_Quem lhe deu permissão para toda essa intimidade?

_Ela mesma. Sara não é igual a você, ela me trata como igual.

_Mas você não é.

_Só porque não faço parte da sua sociedade? Essa mesma sociedade hipócrita que você vive se gabando, não quer dizer que não mereço respeito.

_Se ponha no seu lugar, você é apenas o meu empregado e não um rico fazendeiro.

Tobias fulminava Dora com o olhar, chegou bem perto

encostando o seu rosto no dela para dizer:
_Mas dos meus beijos você gosta, porque tinha um gostinho de quero mais, das minhas caricias você também gostava porque você se entregava nos meus braços. Para isso eu sirvo não é "patroa"?

Tobias deixou-a voltando para seus afazeres. Dora com a mão no coração segurando-o pra parar de bater tão rapidamente, parecia que saltaria à boca. Lentamente voltou para casa, jogou- se na cama sentindo aquele desejo percorrendo e queimando todo seu corpo. "Eu te odeio Tobias, por tudo o que me faz sentir." dizia entre os dentes sentindo as lagrimas correndo pelas suas faces.
Mais tarde acordou não sabendo ao certo o que tinha acontecido para ela ter dormido tanto, tomou um banho demorado lavando os cabelos. Depois de pronta foi para a sala de jantar, sentia fome, o cheiro que sentia também era muito bom, ficou surpresa ao entrar na sala e a mesa não estar posta. "Ana não deve ter terminado o jantar." Resolveu ir até a cozinha. viu as mulheres arrumando tudo, não havia nem sinal do jantar.
_E o jantar? Sai ou não sai?

_Dora?

_Que surpresa é essa? Estou faminta Ana.

_Pensei que não fosse jantar hoje.

_Eu estava dormindo.

_Eu sei, fui te chamar e Sara me disse que estava descansando, mas não pensei que fosse levantar-se.

_Estava dormindo, agora estou acordada e faminta.

_Preparo alguma coisa bem rápido para você.

_O que esta acontecendo aqui?

_Oras filha, você dormiu e todos já jantaram.

_Como é? - disse surpresa.

_Que horas você acha que é?

_Não sei...- falava procurando o relógio que ficava na cozinha até ver que já passava da onze horas. - Meu Deus, não acredito que seja tão tarde.

_O que deu em você para dormir fora de horário? Isso não é seu costume.

Ana falava ao preparar uma deliciosa e rápida refeição, sentou ao lado dela vendo-a devorar o prato.

_Não vai contar a sua velha Ana o que esta acontecendo?

_Não esta acontecendo nada Ana.

_Sei, desde que sua amiga chegou você tem se comportado diferente.

_Diferente como?

_Você deve saber melhor do que eu. Vou lhe dar um conselho, não deixe o amor morrer. Dora olhava para a senhora que levantava da mesa, ela não esperou por resposta.

Ao terminar o jantar, Dora foi até o quarto de Sara, bateu duas vezes na porta não obtendo resposta alguma, mexeu na maçaneta e logo a porta se abriu, olhou para dentro não vendo ninguém.

_Ela não esta no quarto. - disse em voz alta.

Dora pisava firme pensando na possibilidade da amiga estar com Tobias, a agonia tomava conta dela ao pensar nos dois rolando no feno como fizera tempos atras com ele. Andava quase correndo em direção aos estábulos, só de pensar nos dois juntos a raiva aumentava a cada passo. Ao chegar parou tentando ouvir algum som que não fosse dos animais, pé em pé olhava atentamente para as baias, parou em seguida ouvindo vozes.

_Qual é mesmo o nome daquela constelação? - perguntou-lhe Sara.

_Aquela é o cruzeiro do sul.

_Adoro ficar olhando as estrelas...

Dora aproximava não cometendo nenhum ruido, parou ao ouvir quando ouviu as vozes mais próximas, olhava para os lados tentando descobrir onde estava até que, os vê deitados na grama um ao lado do outro em sentindo oposto. Sara falava sobre as estrelas, de repente vira de buços olhando para ele dizendo:

_...Principalmente quando estamos em boa companhia.

_Digo o mesmo.

_Você sabe que desde que cheguei aqui eu gostei muito da sua companhia.

_Eu também gosto de conversa com você é muito inteligente e educada.

_Nossa quantos elogios. - dizia sorrindo sedutoramente para ele.

_Tudo na maior sinceridade Sara.

_Eu sei, por isso eu gosto de você. Sara fez uma pausa e continuou:

_Gosto mais do que deveria.

Dora repetia tudo o que ela dizia debochando, mas ao ouvir aquelas ultimas palavras ficou muda, esperando a resposta de Tobias. Antes que ele tivesse respondido ou tivesse qualquer tipo de reação, Sara toma a boca dele num beijo. Dora coloca a mão na boca abafando qualquer som que pudesse emitir por estar muito próxima.

Seu coração pulava no peito, a boca ficou seca, os olhos parecia, encher-se de lagrimas, Sara finalmente solta a boca de Tobias que diz:

_Você não deveria ter feito isso ruivinha. - ele se levanta.

_Tobias volta aqui.

Os dois saem na direção do pomar, estavam longe para que Dora ouvisse o que diziam, apenas viu os dois se abraçando, deu meia volta em direção a sua casa, trancou-se no quarto, não atendeu quando Sara bateu na sua porta, chamando por ela. Não queria ver sua cara ou falar com a amiga, poderia se trair e dizer para ela tudo o que estava engasgado na sua garganta, queria pensar melhor no assunto, depois tiraria essa historia a limpo. "Eu não vou conseguir dormir enquanto isso não estiver esclarecido." calçou as botas dirigindo-se para fora da casa procurando por Tobias. Encontrou-o caminhando para o seu quarto quando ouviu Dora chamando por ele.

_O que você quer essa hora? - disse secamente.

_Preciso falar com você.

_Pode esperar até amanhã, eu preciso dormir.

_Não posso esperar, não!

Ele olhou para ela vendo sua determinação.

_Então venha para cá antes que acorde todos. Ele a puxou para o seu quarto fechando a porta.

_Agora me diz logo o que não pode esperar até amanhã.

Ela olhava para aquela cama, era como se um fogo subisse pelas suas pernas até chegar aos seios deixando-a arfando. Seus olhos percorria o quarto extremamente arrumado e limpo, tudo simples, ele sentou na cama, tirava as botas, ofereceu a ela a única cadeira que tinham, ela não aceitou indo direto ao assunto.

_O que você e a Sara tem?

_A sua amiga?

_É, eu não tenho outra amiga com esse nome e, pare como se não soubesse.

_Eu e a ruivinha não temos nada.

_Por que continua chamando a Sara assim?

_Ela me pediu que a chamasse assim.

_E então?

_Então o quê?

_O que vocês tem? - dizia impaciente.

Tobias levantou-se aproximando dela que estava de costas para ele olhando pela janela esperando a resposta.

_Estava me espionando?

_Não...é...isso.

_E o que é então? Qual o motivo de você vir aqui me fazer essas perguntas a essa hora? - ele se aproximava cada vez mais dela.

_Não chegue mais perto de mim Tobias.

_Porque não? Tem medo de mim ou do sente por mim?

_Não foi disso que eu vim falar. - dizia se afastando.

_Foi sim! Esta com ciumes da sua amiga.

_Não estou com ciumes da Sara, não seja convencido. Ele a virou para ele segurando seus ombros.

_Olhe aqui sua bobinha, eu já lhe disse que te amo e não tenho nada com sua amiga, quando vai acordar? - Tobias levantou o queixo dela fazendo-a olhar para ele. - Eu quero apenas você.

_E por que a beijou?

_Eu não a beijei, ela é que me beijou me pegando de surpresa.

_E você não fez nada para impedir.- Dora parecia uma criança mimada que não conseguiu ter o brinquedo que queria fazendo beicinho.

_Não fique assim,por que ela não significa nada. Eu te amo Dora, já lhe disse e repito.

Dora olha para aqueles olhos expressivos e carinhosos ficando presos a ele. Seus lábios foram se encontrando com dele, aqueles lábios grossos e quentes de Tobias, adorava aqueles beijos, deixou-se levar por ele até a cama, ele a deitou suavemente, beijando-lhe a garganta até chegar ao queixo dando uma leve mordida, um gemido sai da boca de Dora, era a entrega que ele queria, aos poucos vai abrindo botão por botão da blusa branca e delicada que ela vestia, os lábios entreabertos parecia que o convidava para um longo e delicioso beijo.

_Te desejo tanto Dora que chega a doer. Esse sentimento cresce a cada dia mais no meu peito me sufocando. Diz o que sente por mim amor.

_Você sabe o que eu sinto.

_O que você realmente sente, eu quero ouvir desses seus lábios deliciosos. - ele acariciava seus seios deixando-a ofegante.

_Não vamos falar agora Tobias, ame-me apenas.

_É muito importante para mim, eu não quero fazer amor por fazer.

_Oras,oras! Quem disse que um dia eu encontraria um homem que fizesse sexo por amor.

_É porque aqui envolve sentimentos, o meu!Eu te amo.

_Eu sei, você já me disse. Vamos ao que interessa.

Tobias soltou-se dos braços dela que insistia em puxá-lo para ela.

_O que foi agora?

_Dora, diz o que realmente sente por mim, ou vai embora.

_O que você acha?Eu adoro os seus beijos, - dizia engatinhando sobre a cama para chegar até ele que a olhava hipnotizado aquela blusa aberta mostrando os delicados seios, a boca rosada, o rosto vermelho de tanto beijar e os cabelos soltos dando um ar muito sedutor a ela. - adoro seus carinhos, o jeito que me olha. Resumindo, - diz ao chegar perto dele passando as mãos sobre o peito dele segurou-o pela camisa. - adoro tudo o que você faz, isso é; adoro você.

_Mas você não me ama.

_Tobias, amor é outra coisa, eu só posso amar alguém...

_Do seu nível social. - cortou ele.

_É isso ai, Então volta para cá, vamos conti...

_Por favor, vá embora. - Tobias solta-se dos braços dela não deixando que continue.

_Esta me expulsando?

_Não, apenas estou pedindo gentilmente para ir embora.

_Por que? Porque quer complicar as coisa?

_Eu quero complicar? - ele fecha a porta - Você quer que eu seja apenas um brinquedo na sua mão, que pode usar a hora que quiser. Agora para casar quer um ricaço para exibir na sua sociedade. Eu não sirvo para você e, não quero isso. Ja me cansei de dizer que te amo, quantas vezes aquele moleque disse isso para você? Ele desperta o seu desejo como os meus beijos fazem? Duvido. Quero uma mulher que me ame,como eu sou, para juntos construirmos uma família, é isso o que eu quero para minha vida, o que sempre quis, eu nunca tive realmente uma família, nunca.

Dora sentiu que era a única vez que ele se abria com ela. Tobias deixou-se cair sentando na cama ao lado dela, Dora estarrecida com o que acabara de ouvir, abraçou por trás esquecendo- se de tudo, para dizer:

_Pobre querido, eu sinto muito por você. Tobias virou-se consternado.

_É só isso que tem a me dizer?

_O que você quer mais?

_Eu? Nada, agora por favor, esta muito tarde para conversar. - ele se levanta. - Preciso descaçar.

_É isso o que realmente quer?

_Por favor, Dora! - ele abre a porta para ela sair.

Não vendo outra saída, fecha os botões da blusa, parou em frente a ele que olhava para o chão, tinha a fisionomia triste. Dora passou por ele sabendo que aquela noite poderia ter sido diferente se tivesse dito o que ele queria ouvir.

CAPÍTULO X

Aquela noite, Tobias não conseguiu dormir, pensava em todo seu passado,ficou a um passo de contar toda sua historia pra aquela mulher que nada sentia por ele, "eu ia ser mais um na sua coleção, meu amor." pensava olhando aquele amor como um veneno que corria em suas veias.

Dora arrependida por ter magoado Tobias sabendo que ele era sincero, também revirava- se na cama.

No dia seguinte uma forte tempestade caiu sobre a fazenda, exatamente por três dias consecutivos, os dias foram longos e penosos para os trabalhadores. Dora não aguentava mais ficar presa, sabia que trovão sentia o mesmo tédio que ela, não aguentava mais ouvir as conversas de Sara que não parava de falar no Tobias e suas qualidades, sentia enjoou de tudo aquilo.

Finalmente chegara o sábado, Ivan apareceu na fazenda com sua habitual mala de mão. Dora terminava o café da manhã, onde tratou de negócios com Jonas e o Antonio, sentia apenas falta de Tobias que não sentava mais a mesa com eles.

_Desculpe senhores, eu preciso sair um pouco.- olhou para sua amiga sentada ao seu lado

- Eu vou cavalgar um pouco Dora, espero que não se importe de ir na sua frente.

_Não! - respondeu secamente. Sara retirou-se sorrindo para todos.

Dora levantou-se falando, olhava pela janela a direção que Sara tomava, viu Tobias abrindo a porta pra ela deixando-a que passasse na sua frente, "ele é bem educado." pensava Sara que ao contrario do que pensou Dora, não ficou muito tempo cavalgando, encontrou- a divertindo-se na piscina ao lado de Ivan, ela usava um lindo biquine florido, os dois estavam se dando muito bem, ao contrario dela, os dois tinham muitas coisas em comum mais do que pensavam.

_Vejo que não esperaram por mim. - Dora tirou o vestido exibindo o pequeno biquine que parecia de criança cobrindo o lindo corpo. Ivan a olhava enquanto Dora se aproximava da beira da piscina, ele a puxou fazendo Dora cair na água fria, ela não gostou da brincadeira, olhava para os dois que riam, saiu da água brigando com Ivan pelo feito.

_Por que fez isso?

_Foi apenas uma brincadeira, era para você relaxar e achar graça.

_Estou rindo sim, por dentro.

Enquanto discutiam, Tobias se aproximou de Sara, ela saiu da piscina recebendo um beijo no rosto, Dora para de falar ao ver a cena a sua frente, enfurecida de ciumes dirigiu a ele toda sua raiva.

_O que ele esta fazendo aqui?

Tobias deixa a toalha sobre a cadeira.

_Ele é meu convidado, espero que não se importe.

_Se eu me importo? Daqui ha pouco todos os peões da fazenda vão estar por qui, porque não chama o Chico, o Jonas...

Tobias sentindo-se magoado com a cena promovida por Dora, saiu deixando todos, sabia que ali não era o seu lugar, não olhou para trás. Sara vai atras dele, olhando indignada para Dora dizendo:

_Olha o que você fez?

_O que eu fiz?

_Você não fez nada querida, apenas colocou os empregados no seu devido lugar.

Dora começou a refletir sobre o que tinha feito, estava sentindo-se mal com tudo aquilo. Soltou-se dos braços de Ivan seguindo o caminho por onde Sara tinha ido atras de Tobias. Viu a amiga segurando o braço del tentando convencê-lo a voltar, ele relutava, Sara insistia.

Dora ficou ali tempo bastante para ver ele acariciando o rosto de Sara, dizia alguma coisa no seu ouvido e a puxou para um beijo deixando-a sozinha. Sara volta pra a piscina ao passar pela amiga disse zangada:

_Porque fez isso? Você nunca teve essa cabecinha pequena, sempre compreendeu a situação financeira de qualquer pessoa. O que houve? Você magoou muito o Tobias. - Dora não respondia, não consegui mesmo que quisesse devido ao mal estar em que se encontrava. - Você não tinha o direito de dizer tudo aquilo a ele.

_Tudo bem Sara, eu já entendi, vou lá falar com ele, pedir desculpas. Dora fez menção de sair, é impedida pela amiga.

_Agora não adianta nada, ele não quer ver você nem pintada de ouro. Olhava para a amiga querendo entender por que ela sabia tudo aquilo.

_Acho melhor você deixar esfriar a situação de

desconforto que você causou.

Dora nunca imaginou que pudesse dizer tais palavra tão duras para aquele homem. Admirava e muito Tobias, desde que ele chegou na sua fazenda para trabalhar melhorou as condições dos seus animais de uma forma geral, em tudo que ele colocava a mão tinha progresso, o caráter dele era repreensivo, os animais tinham confiança nele, os empregados não apenas gostavam dele como o respeitavam a sua opinião acatando suas ordens. Dora tinha herdado tudo do pai desde de criança aprendera a cuidar e a respeitar tudo e todos na fazenda que tinha uma área muito grande de mata nativa, onde uma nascente era preservada com todo cuidado, alem dos bens herdou o caráter duro do pai que estava mais presente em Dora assim como o orgulho.

Era muito orgulhosa para admitir que o amava. O seu relacionamento com Eduardo no passado deixou sequelas negativas,não era apenas o fato dele a ter enganado querendo apenas o seu dinheiro, seu pai não tolerava dele por ser pobre e trabalhar numa fazenda vizinha traindo sua confiança. Nenhum empregado ia namorar sua filha. Agora ela era a própria imagem de tudo aquilo que combatera na adolescência, magoou Tobias por isso, o havia perdido para sua melhor amiga.

Os dias passavam, Tobias passou a chamá-la como os demais de patroa, nem imaginava como aquelas palavras magoavam o coração de Dora que sabia muito bem porque estava sendo tratada assim, afinal merecia cada silaba e cada vogal contidas naquelas palavras. Doía ver

Tobias almoçando com Chico, num desses dias Sara pegou seu prato indo juntar-se a eles, os três se divertiam, conversavam apenas profissionalmente, outros assuntos ele não dava margem, apenas com Sara ou com a Lia que as vezes aparecia provocando ciumes na amiga. Com o dia do seu casamento com Ivan chegando a agonia tomava conta dela, sentia-se cada vez mais sozinha, Flor de Liz não havia conseguido segurar mais nenhum filhote, ficou invalida, Dora sentiu muito, como se fosse ela que nunca mais poderia dar a luz, numa das gestações, Ricardo teve que operá-la para retirar o filhote morto. Dora chorou muito.

Tobias havia contado a Sara o ocorrido meses atras, como ficou sabendo.

Tobias afastou-se completamente de Dora, aproximou-se mais de Sara, e de Lia, os dois ficavam horas conversando. Sara deixou de ter ciumes de Lia ao saber de seu relacionamento ser apenas amizade. Dora, no entanto, ficava cada vez mais isolada, procurando refugio em Ivan, o que era completamente em vão.

Era uma linda tarde de primavera com os campos da fazenda floridos, o primeiro dia do mês em que Dora se casaria era o cenário perfeito, sua amiga Sara entrou toda empolgada e sorridente no quarto dela. Dora havia espalhado muitos contratos pela cama, queria deixar tudo em ordem para quando fosse viajar em lua de mel com Ivan.

_Amiga, posso entrar?
_Claro.
_Preciso falar com você, é urgente.
_O que aconteceu? - Dora mostrava-se preocupada.

_Você não vai acreditar.

_Então me conta.

Ela se joga na cama espalhando os papeis já arrumados e divididos por ordem.

_Olha o que você esta fazendo Sara.

Dora recolhia toda a papelada tentando por em ordem novamente.

_Desculpa amiga, eu te ajudo a arrumar tudo, é que estou tão feliz que não consegui me conter.

_Conta logo o que aconteceu.

_Estou namorando o homem mais perfeito e maravilhoso do mundo.

Dora sentiu a veia no seu pescoço pulsar cada vez mais forte, temia o que ia ouvir.

_Agora conseguiu me assustar, hein! Ser você dissesse que era uma mulher eu ia querer

saber quem, mas um homem...

_E não esta curiosa?

_Deixa eu adivinhar. - Dora coloca a mão sobre o queixo - É o Caio, aquele bonitão de cabelos longos que você adora.

_Não. Mas poderia ser, ele é mesmo um gato.

_Credo! O cara tem pelo até nas orelhas. - Dora fez uma careta de repulsa fazendo a amiga rir.

_Eu disse que poderia ser, mas não é.

_O Iago, aquele loiro metido a surfista de campo de olhos verdes?

_Também não.

_O Cláudio? O Bob? O alemão? - para todos ela dizia não - Já sei, é o Nílson, aquele negro maravilhoso de corpo escultural que luta artes marciais.

_Hum, todos esses são maravilhosos, mas tem um que supera todos.

_Não é o Ivan, é?

_Claro que não amiga! Eu jamais ia tirar um homem se soubesse que ele teria alguém.

_Então fica limitada as escolhas, por que o resto tem namorada ou noiva, ou caso.

_Esse não tem ninguém, como me afirmou, ele apenas disse que ainda ama uma pessoa, mas que isso com o tempo pode acabar por que ela fez ele sofrer muito. O que ele quer é uma pessoa que lhe faça bem e essa não lhe fez.

_Nossa, quem poderá ser esse príncipe.

_Realmente é um príncipe, ele é galante, inteligente, beija maravilhosamente bem, ai ai. - diz ela suspirando.

_Vou ter que pensar muito, mas por acaso não é da nossa cidade.

_Amiga você não esta pensando direito, ele nasceu aqui.

_Não faço ideia de quem seja.

_Não mesmo?

_Não, acho melhor você me dizer porque esse jogo de adivinhação já me cansou.

_Muito bem, vou lhe dizer é o Tobias.

As duas moças se olharam, Dora pensou ter ouvido outro nome.

_Você esta dizendo que é o Igor, não é? O filho do rei da soja.

_Não amiga, ele é o rei do meu coração, sim. Mas não é o

Igor. Você não ouviu quando eu disse que era o Tobias? É ele amiga o eleito do meu coração, o homem arrebatador que levou meu coração.

_Você não pode estar falando do Tobias, meu empregado.

_Estou sim, ele vai deixar de ser, vamos morar juntos.

_O quê?

_Calma amiga, não é para agora, ele não disse nada disso, eu é que estou falando, porque é tudo o que eu quero.

Dora levantou falando alto, estava quase gritando.

_O que deu na sua cabeça Sara?

_Estou apaixonada, completamente apaixonada por ele. Já contei para o meu pai se você quer saber.

_Não acredito.

_Acredite, ele é maravilhoso.

_Como pode? Olhe o seu nível?

_Não sei como fui me apaixonar tão rapidamente, isso não costuma acontecer comigo, mas, simplesmente me declarei a ele, sei que não faz o meu feitio, o amor me fez fazer loucuras amiga, loucuras.

_Custo acreditar no que estou ouvindo.

_Amiga, se você soubesse como ele é inteligente, carinhoso e muito atencioso e sem falar que beija como nunca fui beijada. Ele me faz sentir os pés formigando, como se saísse do chão, o rosto fica todo vermelho, o corpo em chamas...

Dora não conseguia ouvir mais o relato da amiga, o ciumes estava cada vez mais forte se abatendo sobre ela.

_Sara você pode sair agora eu tenho coisas muito importante para fazer.

_Que pena amiga, eu tenho muitos planos para te contar, principalmente depois do seu casamento.

_outra hora.

_Mais tarde eu lhe conto sobre a viajem que vamos fazer e o que aconteceu depois do

beijo. porta.

_Não quero saber. - Dora praticamente empurrou Sara para fora do seu quarto batendo a "Não acredito, eu não posso acreditar que ela esta com Tobias. E ainda mais saber que ele a beijou, exatamente como me beija,como pode?"

Dora falava aos prantos, deixava as lagrimas caírem, xingava a si mesma pela burrice que cometera, odiava sua vida e tudo nela.

O dia da prova do vestido havia chegado afinal, estava com uma faixa e o tornozelo inchado, tinha torcido o pé quando brincava com Sara e Ivan na piscina, Sara era péssima motorista, Ivan por ser o noivo e não esta presente não poderia levar, Sara pediu a Tobias que as levassem para a cidade.

Sara sentou ao seu lado na frente, o coração de Dora

parecia sangrar ao ver cada demonstração de carinho um pelo outro, sabia que eram os seus carinhos roubados, os seus beijos roubados, as musicas roubadas, tudo era seu, Tobias era seu, ela o amava como nunca amou alguém. Olhava pelo retrovisor, queria apenas um olhar de Tobias para ela, ele lhe parecia distante daquele sentimento que dizia sentir por ela.

Tobias estava totalmente mudado. O dia estava abafado, não tinha sol, olhava pra o céu que prometia uma chuva para logo mais, Tobias apressava-se para não correrem riscos de ficarem presos na lama.

A famosa loja de vestidos de noiva da Madame Ninfal, dona Selma era famosa pelas rendas e bordados que fazia com as próprias mãos, todos os vestidos feitos sobre medida por aquela senhora gorda e muito caprichosa. Ela pediu a filha que buscasse o vestido de Dora, convidou todos a se sentarem.

_Que triste filha o seu estado.

_Foi apenas uma torção, vou me recuperar logo.

_Ainda bem, uma noiva com um lindo vestido e uma perna quebrada não combinam.

Sua filha vinha trazendo um lindo traje branco com todo o cuidado, as rendas delicadamente sobreposta sobre o tecido branco.

_Olha o véu que maravilha.

Dora olhava aquela renda fina com gotas em forma de lagrimas caindo por todo o tecido.

_Que triste esse véu dona Selma.

_Filha, são as lagrimas por seus pais não estarem presente no dia mais feliz da sua vida. "A controvérsia sobre essa felicidade." pensava Dora olhando para ela.

_Achei muito romântico esse véu longo. - dizia Sara - Porque não se casa na fazenda?

Seria muito mais romântico do que na igreja da cidade.

_Não queremos, a igreja tem aquelas lindas escadarias e suas imagens, sinto como se estivesse sendo protegida.

_Sei! Parece que Ivan te dobrou mesmo, os pais dele não ia querer o casamento no meio dos empregados.

Dora entendeu o que ela queria dizer, pensou em Tobias do lado de fora estacionando o carro,"se ele pudesse me ver com esse vestido, sera que me acharia bonita?"

Dora agitava o vestido de pedras tomara que caia, delicadamente costuradas a mão.

_Não, por favor, não agite ele muito, as pedras são delicadas vão cair. - disse dona Selma ajeitando seus óculos.

_Ah, desculpe! Acho que me empolguei.

A senhora coloca o véu sobre a cabeça de Dora, ao olhar para o espelho vê Tobias entrando, ele estava parado admirando, seus olhos se encontraram, tinha um brilho diferente no tom castanhos dos seus olhos, bem diferente dos últimos dias, dona Selma notando a sua presença disse:

_O noivo não pode ver a noiva da azar.

_Ele não é o noivo. - adiantou-se Sara.

_Ah, bom! Então o senhor pode sentar e esperar, estou terminando uns ajustes, ela emagreceu e o vestido ficou um pouco largo na cintura. - dizia dona Selma pregando alfinetes no vestido. - Não se mexa tanto filha ou vou espetar você.

Sara sentou-se ao lado de Tobias pegando seu braço, ele sorriu segurando sua mão, Dora via tudo através do espelho.

Depois de duas horas estavam de volta, Dora resolveu parar antes no correio, queria deixar o resto dos convites. O caminho de volta parecia mais longo devido a chuva que caia intensamente, Tobias teve que diminuir a velocidade.

_Espero que não fiquemos atolados nessa lama.

_Esse carro é quatro por quatro, ele atravessa qualquer lugar. -disseram juntos Dora e Tobias.

Sara olhou para os dois rindo porque achou que fosse brincadeira. Ao descer do carro teve dificuldades para andar, Tobias limitou-se ajudar Sara com o guarda chuva, levando-a até a varanda, Dora teve que ir sozinha pulando com o guarda chuva como se fosse dançar o frevo. Ele ate que tentou ajudar, mas não precisava mais. Levou o carro para a garagem não sendo mais visto por Dora.

_Como foi a prova do vestido filha? - perguntou Ana ajudando Dora a sentar.

_Ana é lindo o vestido, Dora tem muito bom gosto.

_A costureira é muito talentosa. - diz Ana.

_Ana o jantar esta pronto?

_É o que eu vim anunciar.

_Os homens já chegaram?

Antes que Ana respondesse Sara adiantou-se e fez um gesto para que Ana nada falasse.

_Dora, eles não viram hoje jantar aqui.

_E por que não?

_Eu aceitei o pedido de casamento do Tobias, estou tão feliz. Dora não se conteve e disse aos gritos:

_O quê? Ficou louca?

_Eu sabia que isso um dia fosse acontecer, mas ninguém me ouve nessa casa. - disse Ana se retirando da sala.

_Amiga nos amamos.

_E dai? Vocês se conheceram a um mês atras e já quer casar

_Dora, quanto tempo você e o Ivan estão juntos?

_Não sei...- disse evasiva.

_Três ou quatro anos?

_Mais ou menos.

_Vocês se conhecem desde de criança, eu sei que vocês se amam,- Sem que Sara percebesse Dora fazia uma careta negando - que vão ser felizes. Eu também quero ser feliz amiga. eu te falei das qualidades dele.

_É verdade que já falou, agora chega.

_Depois de tudo o que lhe disse ainda acha que estou louca? Dora olha para amiga.

_Sou louca por ele sim amiga, louca de amor.

As duas amigas eram tão diferentes, Sara era morena de cabelos lisos chegando ate a cintura como os de Dora, tinha um corpo de dar inveja, olhos negros muitos expressivos, não era difícil que um homem não se apaixonasse por aquela criatura tão meiga, doce, bom de coração e que ainda tinha lindos lábios que Tobias deveria ter gostado de beijar.

"Talvez ele sinta algo por ela, talvez a ame de verdade."

_Não acho que eu esteja louca que não seja de amor. Sara abraçou amiga.

_Eu sabia que entenderia.

_Mas o problema não sou eu. São os seus pais, eles não vão aceitar.

_Já aceitaram amiga, eu contei tudo para eles.

_Como? Quando?

_Nos saímos varias vezes para ir a cidade.

_Sem que eu soubesse?

_E um desses passeios eu o levei ate a casa dos meus pais para conhecê-lo.

 Dora não estava se contendo de ciúmes.

_E?

_Eles adoraram o Tobias. Principalmente meu pai.

_Que mundo nos estamos, meu Deus. Namorar um pobretão, deve estar dando o golpe do baú.

_Que isso amiga, não seja atrasada. Até parece que não conhece o caráter dele. Dora não respondeu, Sara continuou a falar tirando toda a duvida da amiga.

_Você conhece meu pai, acha que ele não ia investigar.

_E o que encontrou? - sentia-se muito curiosa a respeito.

_Nada, oras! Ele realmente não tem dinheiro, a antiga casa dele esta destruída e a família dele briga pela propriedade.

_Então vão morar onde?

_Quando eu nasci, meu pai colocou duas propriedades no meu nome, uma delas é um apartamento de cobertura na capital, o outro é um pequeno sitio no sul de Minas, acho que fica em Santa Barbara, é deve ser esse mesmo o nome do lugar, Tobias conhece.

_Deve conhecer mesmo. - ironizou

_O que disse?

_Nada, continue.

_Tenho certeza de que ele vai querer morar no sitio, tem um lindo solar, precisa pintar, mas isso é claro que vamos fazer. Tem cavalos que ele adora como e sabe lidar com eles. Adoro aquele jeito dele de subir no lombo do animal sem nenhuma cela, ai, até me da um frio na espinha só de pensar.

Dora tentava não ligar para o que ela dizia, de Tobias, fingia estar alheia.

Bom Sara, se é assim, então meus parabéns. - Dora da um abraço na amiga. - Agora depois de toda essa narrativa me diga porque os homens não vão jantar aqui?

_Porque vamos anunciar o nosso noivado a beira da fogueira com os outros.

_Que romântico! - dizia ironicamente para si mesma.

_O que disse?

_E por que você não me avisou antes Sara?

_Não se preocupe eu já providenciei tudo.

_Como assim?

_Eu dei dinheiro para comprarem o que fosse preciso para o churrasco, eles vão fazer um essa noite. - ela olha pela janela e continua, - Daqui você já pode vê a fumaça dos assados, esta tudo nas mãos de Jonas e Ana.

_Ela é sua cumprisse?

Sara sorriu não respondendo apenas acenou com a cabeça.

_Ok! Realmente vocês fazem tudo pelas minhas costas.

_Que isso Dora, você sera minha madrinha, eu não vou deixá-la de fora no dia mais feliz da minha vida, queria apenas fazer uma surpresa.

_E conseguiu.

Dora não acreditava que Tobias o único homem que conseguia fazer sentir-se nas nuvens apenas com seus beijos, estivesse escorrendo pelo vão dos seus dedos para Sara.

Andava de um lado para outro no seu quarto pensando no que poderia fazer pra impedir o seu casamento quando uma ideia muito ousada lhe passou pela cabeça era absurda,louca, mas que poderia dar cero.

Foi até o quarto de Sara para verificar se estava dormindo, abriu a porta delicadamente para não fazer barulho, ela estava no banho, era a hora de colocar seus plano em pratica, olhou a hora e sabia que Tobias deveria também estar se arrumando para a cerimonia, foi até o quarto dos pais, pegou a maleta com segredo que o pai sempre usava para levar dinheiro ao banco, puxou a velha comoda, abriu o cofre, estava cheio das ultimas vendas que fizera de seus animais. Pegou todo o dinheiro colocando na pasta, fechou, colocou tudo novamente no lugar, olhou-se no espelho e saiu.

A chuva havia passado,deixou um cheiro bom e agradável no ar. Dora chegou ate onde ficava os aposentos de Tobias, a luz estava acesa como previu, bateu com insistência ate que esta se abriu. O olhar de surpresa dele não causou reação em Dora.

_O que você quer?

_Preciso falar com você. - disse forçando a entrada

_Tenho um compromisso com hora marcada e, não pretendo me atrasar.

_Fecha a porta, eu não vou me demorar.

Tobias fecha a porta e voltar para a frente do espelho ajeitando a camisa que ainda estava aberta.

_Diga logo o que quer, eu não quero que alguém a veja aqui, podem pensar coisa errada

ao meu respeito.

Dora tranquilamente colocou a pasta sobre a cama dizendo:

_Eu tenho uma proposta para fazer.

_Não diga! Acho que sei o que vai dizer.

_Você sabe?

_Sei. Vai dizer; deixe minha amiga em paz seu aproveitador, você não a merece, blá,blá,blá. - ele sorria demonstrando tranquilidade, voltou se para ela - É isso não é?

_Quase. Para dizer a verdade o que você disse também tem sentindo e serve, mas, não foi por isso que eu vim.

Dora chega por trás dele abraçando.

_Você não pode se casar com ela por que não a ama.

_E como você tem tanta certeza de que eu não a amo veio em auxilio.

_Você me ama Tobias, disse isso várias vezes, o amor não morre assim de uma hora para outra.

Ele se vira ficando de frente para ela que ainda estava abraçada a ele.

_Você ainda me ama, não ama?

_Dora, o nosso tempo acabou, você me humilhou na frente dos seus amigos, agora o que quer aqui?

_Eu quero você, eu não posso ficar sem você.

_E por que não pode? Você vai se casar, esqueceu?

_Eu posso desistir de tudo por você.

_Faria isso? - disse ele com as mãos na cintura dela.

_É claro, eu faço hoje mesmo se você desistir de ficar noivo da Sara.

_Não é mais um capricho seu, é?

_Claro que não,eu quero você, só agora me dei conta.

_Quer dizer que você vai ficar comigo, um empregado seu e, desistir de se casar com o mauricinho rico por que me ama?

_Não é bem assim. Eu não disse que te amo eu disse que tenho uma proposta para você.

_Se não é amor que proposta seria?

Dora vai ate a cama e mostra a pasta que trouxe.

_Isso aqui é para você.

_O que é? - perguntou não gostando do rumo que a conversa seguia.

_Abra.

Tobias pega a pasta sabendo para que ela servia, seu sembrante havia mudado, a surpresa pela quantidade de dinheiro que tinha o deixou com vontade de jogar tudo na cara dela, apenas olhou para ela com a expressão dura.

_O que isso aqui quer dizer?

_Esse dinheiro é todo seu, se você desistir de casar com Sara e aceitar se casar comigo.

_Você esta brincando comigo, não esta?

_Por que estaria?

_Dora, - ele chega perto dela chacoalhando seus ombros - o que pensa que eu sou?

_Eu não estou pensando nada...para...esta me machucando.

_Eu vou fazer pior.

Ele abre a porta tentando colocá-la para fora.

_Tobias pare, pensa por um instante,vai ser bom para você.

_Não vai, não.

_Você não me disse se aceita. - perguntou parada entre o quarto e o corredor. Olhou para ela é pensou por uns instantes e disse:

_Muito bem. Aquele dinheiro todo é meu se eu me casar com você, é isso?

_É isso, não é sacrifício nenhum para você.

_Não é claro que não. Alias eu vou me tornar o senhor por aqui me casando com você com uma rica herdeira, afinal de contas o dinheiro vai voltar para você de uma forma ou de outra.

_O que me diz Tobias? O tempo esta acabando. Tobias olha para a maleta depois para ela dizendo:

_Pode ir embora, eu aceito a sua proposta.

Dora deu um grito de felicidade agarrou o rosto dele tentando beijar, Tobias esquivou-se não deixando.

_Estou te esperando para contar a todos a novidade. Tobias fechou a porta sem responder, pegou a pasta jogando longe de pura raiva."Você me paga por isso Dora".

CAPÍTULO XI

Dora entrou em sua casa com ares de felicidade, os dias antecedentes não foram muito bons para ela, Ana olhava para ela sem compreender aquela repentina alegria.

Uma hora e meia mais tarde, todos estavam cansados de esperar pelos noivos em volta da grande fogueira, o churrasco podia ser devorado por quem estivesse por ali, ou queimaria de tanta espera.

_Com essa demora a carne vai passar do ponto. - disse Jonas.

Dora sentiu o olhar de Ana sobre ela, olhou de volta para ela demonstrando não saber de nada, deu de ombros, seguiu o olhar da senhora e viu Tobias vir sozinho na escuridão, ele chega perto de todos vendo a expectativa na fisionomia dos seus amigos e disse num disparate:

_Gostaria da atenção de todos, - ia dizendo ele tomando folego, sentia que causava valoroso quando o viram chegando sozinho, ele continuou sem dar importância nem olhou para Dora sentada bem em frente a ele:- Acho que estou aqui não para dar a noticia que todos queriam ou esperavam de mim. - parou de falar olhando para Dora, todos fizeram o mesmo, até Ana olhando cruzou os braços sabendo que tinha o dedo dela naquela historia que ele ia contar.

_Vai haver um noivado hoje,- todos aplaudiram - vou ficar noivo, - os presentes dão uivos e suspiros aplaudindo, Tobias faz um gesto com as mãos para que se calem - mas, para a surpresa de todos não é com a mesma pessoa.

Tobias havia conseguido deixar todos perplexos ao mesmo tempo que não estavam entendo nada do que estava para acontecer,"vai ficar noivo mas não é a mesma? Quem poderia ser?" Era a pergunta estampada na cara de todos. Ele estendeu a mão para Dora que se levanta e a segura olhando para ele.

_Aqui está a minha noiva.

Tobias olhava para todos de boca aberta e em silencio.

_Acho que não é surpresa para ninguém Dora ser minha noiva.

_Não, não foi mesmo! Mas não esperávamos isso depois do que vimos...- ia dizendo José falando a respeito de Sara.

- Agora podemos comer?

Tobias tentava sorrir, não conseguia, largou a mão de Dora dizendo somente para ela ouvir:

_Espero que esteja satisfeita, sua amiga está péssima e eu pior ainda.

Puxado pelo braço por Jonas e José, Tobias sentou-se ao redor da fogueira para comer com os demais. Dora foi deixada de lado, sentia um peso na consciência, tinha que ver como estava a amiga.

Bateu de leve na porta do quarto colando o ouvido para tentar ouvir algo que viesse de dentro, o silencio era total.

_Sara! - chamou - Sou eu, quero falar com você.

Não ouve resposta alguma, resolveu abrir a porta e entrar, encontrou Sara deitada de bruços com o rosto no travesseiro.

_Sara! - chamava virando a amiga, estava desacordada. - Sara acorde. - Sacudida pelos ombros sem obter resultado, ao olhar para a cabeceira da cama viu vários comprimidos caídos espalhados pelo travesseiro. - Meu Deus,Sara, acorde, o que você fez.

Dora correu para garagem pegando o carro, chegou até onde Tobias estava e gritou para ele:

_Tobias entre agora, a Sara precisa ser levada para o hospital.

Ele olhou para ela saindo correndo na frente. Dora o seguia com o carro, logo ele voltou
com ela nos braços, deito-a no banco de trás segurando sua cabeça, ficou com ela no colo, olhando pelo retrovisor para Dora.

_O que aconteceu?

_Ela tomou vários remédios para dormir...eu não sabia que ela usava...

_Se algo acontecer com ela a culpa será totalmente sua.

Dora partia rumo a cidade em alta velocidade, ao chegarem Tobias carregava ela nos braços gritando dentro do hospital.

_Por favor, um medico aqui. - gritava entrando.

O alvoroço na recepção foi geral, uma maca foi trazida, Tobias colocou Sara sobre ela.

_Vocês terão que ficarem aqui. - disse a enfermeira.

Tobias estava muito nervoso, pegou Dora pelo braço levando-a para fora, encostou-a no carro com o dedo em riste apontando para ela.

_Se prepare para contar aos pais dela o que aconteceu, eles sabiam do nosso noivado, devem estar a caminho da fazenda.

_O que você espera que eu diga? Que sou culpada por ela ser viciada em remédios para dormir?

_Diga somente a verdade.

_Que verdade? Que eu fui até o seu quarto lhe oferecer dinheiro para se casar comigo e não com ela? É isso que quer que eu diga?

_É isso ai.

_Então posso dizer que você aceitou prontamente? Ele não responde.

_Você deve estar louco, eu nunca vou dizer isso.

_Vai fazer o quê? Vou agora mesmo contar a eles onde ela esta. Tobias pega o celular para ligar, foi impedido por Dora.

_Não, espere! - disse segurando sua mão, Tobias se solta, ela fica nervosa com aquela atitude.

_Boa noite senhor Gustavo... - Tobias foi dizendo por cima o que tinha acontecido com Sara,depois de explicar desligou disse a Dora. - Estarão aqui em meia hora, acho bom pensar no que vai dizer a eles. Você é culpada pelo estado dela.

_Eu? Apenas eu sou culpada?

_Você sim,foi quem começou tudo. - dizia acusando-a.

_Você é tão culpado quanto eu, não se esqueça de que aceitou a minha oferta de bom grado.

_Você me obrigou.

_Não senhor, eu fis uma proposta você disse sim... tinha escolha e escolheu aceitar. Dora parou de falar quando uma moça veio na direção deles dizendo:

_Por favor, vocês estão perturbando a paz, isso aqui é um hospital, queiram ir brigar em outro lugar.

_Desculpa senhora, isso não vai mais acontecer.

_Não deveria ter me envolvido com você. - disse ele - Desde que te conheci minha vida mudou para pior. Você não tem caráter algum.

ele dizia se afastando para ficar próximo a uma arvore longe da entrada do hospital.

_Agora não vai voltar atras. - dizia Dora seguindo.

_Você acha que tudo é tão fácil.

_Para mim é sim. A minha proposta ainda esta de pé e, você não poderá voltar atras.

_Por acaso pensou nas consequencias? E o seu noivinho? Já sabe que não é mais o escolhido?

_Isso é comigo, não se preocupe que dele eu cuido.

_Você é... - ele para olhando para ela - Ah! deixa para lá. Tobias se afasta dela voltando para dentro do hospital.

Dora olhava para o céu cheio de nuvens escuras, tão

encoberto quanto o seu coração, não demorou pra os pais de Sara chegarem preocupados.

_O que aconteceu com nossa filha Dora? - disse dona Ligia.

_Ligia...- escolhia as palavras vagarosamente - parece que o namoro entre ela e Tobias terminou...ela se trancou no quarto tomando uma grande quantidade de remédios para dormir.

_Meu Deus! - Ligia coloca a mão na boca chorando.

_Você sabe o motivo? Pareciam tão felizes.

_Agora não é hora para isso Ligia, entra você para vê-la, eu vou conversar com Tobias de homem pra homem, depois eu te acompanho.

Dona Ligia não perguntou mais nada saiu em direção a entrada do hospital, seu marido olhou para Dora sem dizer nada, ela não soube interpretar aquele olhar que parecia ser de repreensão.

Dora observava o pai de Sara colocar a mão sobre os ombros de Tobias ouvindo ele dizer:

_Eu quero saber exatamente o que aconteceu meu rapaz.

_Para dizer a verdade eu não sei ao certo senhor.

_Conte o que você sabe.

_Na verdade quem sabe da historia toda é a Dora.

_Tudo bem, eu tiro essa historia a limpo depois, mas o que estou querendo saber realmente é sobre o que aconteceu pra vocês terem terminado algo que não tinha nem começado. Deve ter tido um bom motivo para ela reagir desse jeito.

_Ah! Isso...- Tobias sem jeito não sabia o que responder.

_É o que eu quero saber.

_Bem na verdade...

_Vocês estavam tão felizes, ou ao menos foi o que demonstraram para minha esposa e eu, será que fomos enganados?

_Eu gosto da sua filha senhor Augusto, ela é doce, meiga,inteligente, realmente nos damos bem em quase tudo.

_Quase tudo? Explique-se melhor meu filho.

_Sempre fui honesto com ela. Sara sempre souber que tinha uma outra pessoa na minha vida que eu amava.

_Você é casado?

_Não senhor.

_Ah bom! Que alivio.

_Mas essa pessoa existe e o que eu sinto por essa pessoa em questão é forte. Tivemos umas discussões mas, acabamos nos acertando, eu disse isso para ela,contei tudo e acho que foi demais para ela.

_Minha filha não suportou ser rejeitada pela segunda vez. Ela amava muito você meu rapaz, eu sinto muito por ela não ter sido a sua escolhida;

_Segunda vez o senhor diz?

_Aconteceu quando ela e Dora ainda eram adolescentes. As duas se apaixonaram pelo mesmo rapaz, um empregado da fazenda do pai de Dora. O rapaz se aproveitou e brincou com Sara fazendo minha filha sofrer muito, prometia o que nunca ia poder cumprir, ficou com Sara até conhecer Dora que havia voltado de uma viajem a Europa com a mãe. tudo mudou desde então. Dom João mandou-o embora assim que soube do envolvimento da filha com esse rapaz. Eu havia dito a Sara que esse rapaz não prestava, mas minha filha estava cega, apaixonada por esse tal de Eduardo. Ele era um rapaz boa pinta, tinha boa lábia, quando soube que Dora era única herdeira deixou Sara sem pestanejar. O pior foi saber que minha filha queria disputar ele com Dora a todo custo. Logo que alertei Dom João sobre o rapaz ele mandou investigá-lo, descobriu sobre uma família morando no interior de Minas, a esposa dele estava para ter o primeiro filho do casal.

_Sinto muito, eu nunca fiquei sabendo dessa historia. Ela nunca me contou.

_Eu imagino o porquê.

_Eu nunca a magoaria, nem a enganei, longe de mim fazer isso. Não sou um aproveitador, conheci essa pessoa a algum tempo, e me apaixonei por ela desde de muito tempo atras, é uma longa historia...

Ele deu umas palmadinhas no ombro de Tobias dizendo:

_Obrigado por ser honesto comigo rapaz.

_É o minimo que eu poderia fazer.

_Bom acho melhor eu ir ver minha filha.

Ele acompanhava o pai de Sara de volta para o hospital, o velho senhor com semblante triste se volta para Tobias dizendo:

_Pode dizer somente par esse velho aqui quem é a eleita do seu coração? Tobias ficou desconfortável com a pergunta.

_Acho que a historia se repetiu...senhor.

_Não vai me dizer que é a...- diz olhando através do ombro - a pequena Dora? Tobias balança a cabeça afirmando.

_Meu Deus!Acho que essas duas meninas tem o destino cruzados, por que não é possível elas se apaixonarem pelo mesmo homem duas vezes. Você eu sei que é diferente do Eduardo.

Ele nada responde por que vê Dora encostada na parede olhando para eles, "deve ter ouvido toda a conversa" pensa seguindo o pai de Sara para dentro do hospital.

Dora havia esquecido completamente daquela historia com Eduardo, lembrava como ele não largava do seu pé, estava sempre disposto a ajudá-la e parecia estar sempre presente no mesmo lugar que ela. Odiou que aquela historia pudesse retornar a acontecer, era como se fosse um pesadelo na sua vida. O que ela lembrava era de Sara lhe implorando para deixar Eduardo, era como se um pesadelo se tornasse real."O que posso fazer? Dessa vez eu o conheci primeiro".

Três dias depois Sara saiu do hospital, tivera que fazer uma lavagem estomacal, todos na fazenda quando souberam rezavam por ela todos os dias a mãe temendo que a filha não fosse sair daquele estado de tristeza em que se encontrava.

-Ela é tão jovem, tão linda, não merecia isso. - dizia Ligia.

Sara foi levada para casa do outro lado da cidade pelo pai, como não haveria mais casamento com Ivan, Sara não quis mais ficar na casa da amiga, nem falava mais com ela nem com Tobias, saiu sem se despedir deixando todos em mal estado,Tobias sentia perder a amizade de uma grande pessoa de caráter firme e boa conversa. Gostava realmente de Sara e queira mais do que tudo continuar sua amiga, mas devido as circunstancias, acho melhor se afastar dela por completo. Apenas olhava para ela bem debilitada carregando a mala, ao deixar a fazenda, "ela teve caráter para vir aqui e enfrentar todos".

_Espero que amizade de vocês não termine, ela é uma boa moça. - disse Ana para Dora.

_Não posso impedi-la de ir embora nem de deixar de ser minha amiga.

_Mas poderia ter impedido isso de acontecer, se não fosse tão egoísta.

Ana sempre falava o que pensava de suas atitudes, Dora nunca rebatia, quase sempre ela a magoava com aquelas duras palavras.

O que mais importava naquele momento era ter Tobias novamente ao seu lado, agora ele seria somente seu.

Terminar o relacionamento com Ivan não foi tão fácil quanto pensava, ele a ameaçou assim como Tobias.

_Isso não vai ficar assim Dora. Acha que eu posso ser descartado? - ele segura no braço dela apertando - Acha que vou ser trocado por um mero peão de fazenda?

_Solte meu braço, eu lhe disse tudo o que tinha a dizer, agora vai embora.

_Eu vou, mas vou voltar e, quando isso acontecer um de vocês não vera a luz do dia.

_Não me ameasse Ivan, eu tenho poder maior do que o seu.

_Veremos quem rir por ultimo.

Depois do episodio não voltou a vê-lo. Ficou sabendo que havia viajado para os Estados Unidos para morar com uma tia.

A vida transcorria normalmente, todos os dias Tobias exercitava os animais, Sara não voltou mais para a fazenda nem dava noticias.

Ana sempre gostou de Tobias, fazia tudo com o maior prazer, apenas estava triste por causa de Sara.

_Ainda não quer falar comigo gordinha? - disse Dora a Ana quando esta foi para cozinha.

Ana não respondia apenas olhava para ela com ar superior. Dora ria do jeito dela, pega uma fruta na cesta, debruça na mesa mordendo a maça dizendo:

_Não me julgue Ana, não tão depressa, eu sei que você gosta do Tobias.

_Gosto sim, mas o que você esta fazendo é errado, sua pobre mãe não aceitaria isso.

_Deixe-a de lado, ela não esta mais aqui conosco, se bem

que eu queria, mas, não esta.

Então eu só tenho você para me aconselhar.

Ana enfeitava o bolo de casamento sem responder a Dora que a olhava.

_Não vai dizer nada?

_O que você quer que eu diga? Todos os conselhos que eu pude te dar eu lhe dei,você ouviu alguns deles? Não.

_Sei disso querida, mas acontece que eu amo o Tobias, eu não queria que ele casasse com

a Sara.

_Se o ama como diz porque o faz sofrer tanto?

_Eu não faço. Apenas não vou e não quero sofrer novamente. Você mesma me ensinou

isso, não se esqueça. - diz apontando para ela.

O casamento de Dora não seria mais na igreja da cidade, ia ser realizado na fazenda, os empregados foram mobilizados para o evento que deixou todos contentes com a festança. Narios bezerros foram preparados para o churrasco que Jonas e José cuidavam. Dora não fez questão alguma de avisar seus convidados sobre o noivo, Ana fazia isso sem que ela soubesse, muitos diziam não irem ao casamento, por causa de Augusto. Ana entendia, Dora não se importava com quem ia, desde que Tobias estivesse ao seu lado. Tobias fez Dora trocar o vestido, alegando tê-la visto com ele.

_Não sabia que era supersticioso.

_Não sou, apenas não gostei do vestido. - respondeu deixando-a sem explicações.

_Tobias. - Chamou - Não acredito que vai me fazer trocar o vestido, o casamento é amanhã, dona Selma não terá outro a tempo.

_Compre um que já esteja pronto. Ana ouvia a conversa toda e disse:

_Posso dar um jeito no vestido que foi de sua mãe, vai ficar tão linda com ele.

_O vestido de mamãe?

_Boa ideia Ana, ela vai usar esse mesmo.

Dora não respondeu, sempre desejou usar o vestido que foi de sua mãe, quando era criança adorava brincar no sótão onde estava o pequeno bau com o vestido, o véu e grinalda, guardados. A renda era linda e delicada, cheio de flores bordadas em toda a saia rodada, a blusa rendada com gotas de perolas de mangas curtas e uma delicada luva.

_Não se preocupe filha, o vestido esta em bom estado, eu venho cuidando dele para não estragar ou ser comido pelas traças, eu lavei e engomei ele na esperança de você usar no seu casamento, mas preferiu comprar.

_Eu sempre quis usar ele, mas não pensei nele até agora.

_Sua mãe me pediu para cuidar dele até você usar.

Dora se emocionou ao ver o lindo vestido, sentia lágrimas nos olhos, abraçou Ana beijando as bochechas rosadas.

_Ana, mamãe tinha um corpo tão esbelto e lindo, acho que não vai entrar em mim.

_Oras logico que vai, você tem o mesmo corpo que ela. É de família querida.

_Apenas esse véu eu não vou usar, é longo demais para um casamento na fazenda.

_Não tem problema algum, eu lhe compro um mais curto.
Assim que terminou de falar, Tobias deixa as duas mulheres no quarto.

Horas depois ele volta com uma enorme caixa decorada a tampa estava presa com um lindo laço vermelho. Dora sentada no sofá da sala conversando os detalhes com Ana quando ele lhe entrega a caixa.
_Aonde foi? - perguntou.
_Tome é seu.
_O que é?
_Abra.
Dora abriu a caixa sobre a mesa de centro, deu um pequeno gritinho de surpresa e alegria quando viu um lindo chapéu com um pequeno véu na frente.
_Onde encontrou isso?
_Isso é um chapéu.
_Eu sei...não foi o que eu quis dizer.
_Fui na loja que você experimentou o vestido de noiva.
Dora colocou o chapéu sobre a cabeça e foi até a cozinha mostrar a Ana.
_Ana o que você acha?- dizia rodopiando.
_Meu Deus, que coisa mais linda

_Nossa patroa, vai ser uma noiva muito bonita, adorei esse seu chapéu. - disse Ivete enquanto Dora se exibia.
_Quem trouxe esse lindo chapéu?
_Tobias.
_Que homem de bom gosto.
_E dinheiro, deve ter custado todo o salario dele.
_Ivete, isso não é da sua conta. Vá cuidar dos seus afazeres. - protestou Ana. Dora não havia pensado na possibilidade dele já esta fazendo uso do dinheiro.

Finalmente o grande dia chega, Ana acordou as quatro horas da manhã como a maioria, todos envolvidos querendo deixar tudo pronto para o grande acontecimento, andavam de um lado para o outro, entravam e saiam da casa, o casamento estava marcado para as dez horas da manhã, um delicioso almoço preparado pelas mãos habilidosas de Ana. As seis horas da manhã Dora estava em pé assim como Tobias, não tomaram cafe da manhã juntos, Dora quis tomar no seu quarto, a cabeleira fazia um delicado penteado alisando seus cabelos longos e brilhante enquanto ela comia uma deliciosa torta de maçã.
_Senhorita Dora bom dia. - disse ela.
_Bom dia Conceição, eu lavei os cabelos hoje como senhora pediu,veja la o que vai fazer.
_Não se preocupe vai ser surpreendente. Ana servia o cafe a senhora.
_E os preparativos como estão?
_Não se preocupe que tudo esta em ordem do jeito que você pediu.
_E o churrasco para o almoço?
_O Tobias é ótimo para organizar tudo. Preocupe-se apenas em ser uma linda noiva, porque o Tobias vai estar

um tesouro.

_E o padre? Já chegou?

_Esta vindo para o cafe da manhã. Depois de administrar a missa,não se preocupe. O Tobias mandou buscá-lo.

_Seu noivo é mesmo incrível minha filha. - disse a cabeleira.

_É mesmo, não é.

Na hora marcada Dora estava pronta e simplesmente linda.

Ana toda arrumada num lindo vestido azul para a reunião sentada ao lado de Jonas e Ivete com um vestido verde esmeralda. O dia estava ensolarado e quente, um toldo foi colocado para que os convidados não ficassem expostos ao sol.

Tobias estava nervoso, mesmo não esboçando um único sorriso, um sonho de infância estava finalmente ser realizando. Esperava a entrada de Dora, ela queria a musica de entrada tocada por piano, mas Tobias falou da dificuldade de tirar o lindo piano de calda da sala de sua mãe e levá-lo ao jardim. ele a convenceu que violinos seriam melhores e mais bonitos para quando ela fizesse a entrada. Quando os instrumentos começaram a tocar a linda melodia, Tobias sentiu um sobressalto no coração, Dora montava Trovão que era conduzido por Chico todo vestido de branco, ele parou em frente ao tapete vermelho, Tobias se dirigiu a ela ajudando-a a descer, os dois estavam presos pelo olhar e assim que ele a pegou no colo, Dora segurava seu chapéu, os dois caminhavam lado a lado sobre os olhares atentos de todos os presentes.

_Você esta linda. - disse ele .

Dora sorria, a cerimonia toda foi repleta de emoção,Ana

se desmanchava em lagrimas, Dora sentia as lagrimas caindo pelo seu rosto olhava para Tobias que tentava esconder algumas gotas que teimavam em cair pelo seu rosto. Todos pareciam estar muito emocionados com as lindas palavras do padre Antônio.

Dora estava realmente linda para não dizer exuberante como Ana disse ao vê-la vestida:

_Você parece sua mãe, ela estava realmente exuberante como você.

O chapéu que Tobias deu a Dora combinou perfeitamente com o vestido leve, ele não era muito cumprido. Os cachos dos cabelos de Dora predominava junto com o alisamento feito dando a ela um ar de anjo. O sol brilhava brindando o casal, Tobias estava impecavelmente lindo num maravilhoso fraque, estava mais parecido um galã espanhol de cinema que Dora gostava.

Dora ficou surpresa quando o padre deu o microfone a Tobias.

_O noivo gostaria de pronunciar algumas palavras. - diz ele.

_O Céu e a Terra são testemunhas do meu amor por você, o tempo nada significa quando o amor se faz presente na nossa vida. Não sabemos quando ele vai chegar, mas chega sempre de mansinho. Pode ser na infância onde a carência de um garoto pode ser grande, onde o amor idealizado é concretizado ao se conhecer a mulher que gostaria de viver toda sua vida. Eu tive essa sorte de te conhecer e de te amar, mas o melhor de tudo é saber que sou correspondido. Por isso Dora eu quero como minha esposa, amante, companheira e amiga para toda a eternidade.- ele coloca a aliança no dedo anular de Dora dizendo as ultimas palavras. - Eu te amo. - disse beijando o dedo dela onde tinha colocado a aliança.

O contato visual que Tobias fez com Dora parecia magico, não conseguiam desviar o olhar um do outro, como se ninguém mais estivesse presente alem deles,.
_Eu os declaro marido e mulher. - disse o padre completando. - Pode beijar a noiva.
Eles nem precisavam da aprovação do padre, o beijo foi acontecendo naturalmente, pararam o beijo sobre o aplausos que se sucederam.

A festa transcorreu o dia inteiro, Dora tinha uma surpresa para Tobias. Ele não queria sair do país por isso, o roteiro organizado por Dora foi de visitar as três propriedades que seu havia lhe deixado.
_Eu lhe disse que não queria sair do país.
_Mas não vamos.
_E essas passagens aqui?
_Vamos visitar três propriedades litorâneas que o meu pai comprou há alguns anos. Faz uns quatro anos que eu não vou ver as propriedades, achei que seria uma boa ideia.
_E onde ficam essas propriedades?
_A primeira é aqui mesmo no estado, na Ilha Bela, depois vamos para Angra dos Reis, depois vamos subir até Natal.
_Vamos ficar bem bronzeados.

_Você vai adorar as casas, são magnificas.

_Você cuida delas?

_Claro! Eu mantenho contato com os caseiros.

_E não tem medo do que eles possam fazer com a casa sem que você esteja sabendo?

_Teria se meu pai não soubesse quem ele mandaria tomar conta de suas coisas. Na Ilha Bella mora o filho mais velho de Antônio que sempre esta por aqui. Em Natal os pais de Jonas que estão velhinhos e só administram, todo ano ele vai ver só pais, quando se aposentar o Jonas pretende morar por lá e o pior para nós ele quer levar a Ana com ele.

_E a casa de Angra?

_Lá mora a irma da minha mãe, sua única irmã e a única família que mantenho contato, é idosa também.

_Estou vendo que logo vamos ter que trocar esses administradores.

_Terminei. - disse fechando a mala.

_Podemos ir então.

Tobias pegou as malas e sairão, ao chegarem na sacada foram recebidos com flores pelos empregados. Dora deu um longo abraço em Ana.

_Vá com Deus filham, que ele possa abençoar sua lua de mel. Ana abraçou Tobias emocionada.

_Você também meu filho, que Deus te abençoe e vocês possam ser muito felizes juntos.

_Vamos ser, estávamos predestinados um ao outro. Ana sorria enxugando as lagrimas.

_Não se esqueça minha filha de me ligar todos os dias.

_Não se preocupe querida eu ligo, se não estiver muito ocupada. - disse falando no seu ouvido.

Todos acenaram quando partiram no carro dirigido por Jonas que os levava até o aeroporto.

_Por que vamos começar a lua de mel por Natal? -

perguntava Tobias.

_Porque quando chegarmos em Angra dos Reis, vamos usar uma caminhonete que era do meu pai para voltarmos para casa.

_Ás vezes você usa o bom senso.

Jonas colocou as malas no chão entregou um pequeno pacote a Dora dizendo:

_Por favor, patroa, entregue isso a minha mãe. Peça a ela que me ligue quero noticias de vocês. Eu sei que vão ficar bem instalados.

_Não se preocupe, estaremos bem.

_Cuide bem dessa moça patrão Tobias, faça ela feliz. Tobias da um forte abraço no amigo.

_Não precisa me chamar assim e, quanto a Dora pode deixar que eu vou fazê-la muito feliz, eu jurei isso a mim mesmo.

_E quanto a você patroa Dora, cuide muito bem desse rapaz, ele é muito precioso para todos nos.

_Pode deixar, Obrigada Jonas por tudo e, cuide bem da Ana, você sabe como ela é preciosa para todos nos.

_Eu sei, e como sei! - respondeu sorrindo.

O voo estava marcado para as sete da noite, chegaram com meia hora de ambitendencial, tudo foi muito tranquilo e rápido. Um dos empregados da casa foram buscá-los no aeroporto.

Tobias se encantou com a magnifica casa de alvenaria, toda branca cercada de verde, muitas flores por todos os lados, uma escada de pedra levavam os proprietários ate a casa que ficava na parte baixa,a sala toda de janelas de vidro davam uma vista panorâmica e linda pra o mar. Tobias saiu na sacada enquanto Dora era recebida por uma senhora idosa de uns sessenta anos de avental impecavelmente branco.

_Tobias vem aqui! - chamou.

Ele obedeceu olhando para a escada toda feita de pedra que levava até a praia.

_Dona Célia, esse é o meu marido Tobias.

_Prazer senhora.

_O prazer é meu rapaz,Jonas fala muito em você. Parece ate que o conheço.

_Fico feliz que ele tenha falado sobre mim, espero que bem.

_E como falou!Bom se quiserem ir descansar, o quarto de vocês esta pronto.

Os dois foram para o quarto, as malas estavam sendo arrumadas por duas moças netas da senhora.

_O que vamos fazer?

_Você eu não sei, mas eu vou até a praia dar um mergulho.

_Vou te acompanhar, preciso me refrescar.

Olhava pela janela vendo o céu azul, o calor era muito grande.

Dora tirava sua roupa sem cerimonia, colocou um lindo biquíni que Tobias havia visto naquele belo corpo.

Ele Fez o mesmo trocando-se na frente dela que nem deu atenção. Os dois desceram juntos para a praia, Dora contava a ele como o pai adquiriu aquela casa.

_Numa divida? - perguntou Tobias sentado ao lado dela na areia branca.

_O antigo proprietário devia muito dinheiro ao meu pai, ele estava endividado com o filho que vivia no exterior, pediu um empréstimo ao meu pai, a única forma de pagar foi passando essa casa para o meu pai.

Tobias e Dora conversavam tranquilamente quando se deram conta que a hora já passava.

_Dona Célia, não precisa se preocupar com o nosso jantar eu mesma vejo isso.

Dona Célia entendia que os dois queriam ficar sozinhos e deixou a cozinha por conta de Dora. Ela fez um omelete de queijo, uma salada mista, havia carne assada e arroz que Dona Célia deixou prontos, arrumou a mesa com esmero.

_Tobias você pode apanhar um vinho para nós. A adega fica naquela porta ali. - diz mostrando a porta lateral que ficava na cozinha.

Tobias pegou um que considerou ser de uma otina safra, um vinho tinto que combinava com o sabor da carne assada que começava a cheirar bem, ele voltou para a cozinha vendo Dora com toda a desenvoltura.

_Até que você se vira bem na cozinha.

Dora dando uma boa garfada no omelete coloca um pouco na boca de Tobias enquanto ele abria a garrafa de vinho colocando no copo dela, os dois brindam.

_Ao nosso futuro. - diz ela.

_A nossa felicidade. - responde olhando para ela.

Depois do delicioso jantar os dois foram terminar o vinho na sala de estar com a vista para o mar, conversaram e riram juntos muito tempo depois ele disse:

_Esse lugar é magnifico.

_Realmente, minha mãe adorava vir aqui.

_Não esta cansada?

_Cansada, eu? De jeito nenhum, estou adorando estar aqui, eu vim poucas vezes aqui com meus pais. Apos o falecimento da minha mãe, eu vinha apenas com meu pai,ate cheguei a pensar que ele tinha algo com a dona Célia, mas não era nada disso, esse lugar lembrava muito minha mãe, por isso ele deixou de vir aqui, a lembrança dela lhe trazia muita dor.

_Ele nunca quis casar novamente?

_Não, sempre achou que o casamento era apenas um e teria que viver sem ela até que a encontrasse novamente. - fez uma pausa e continuou. - Todas essas plantas que você vê foram plantadas por minha mãe tinha mãos de fada para isso e para decoração. Tinha gosto refinado como dizia meu pai, encontrava moveis antigos e resgatava toda a sua magnitude e os decorava reformava por puro prazer de criar e renovar.

_Você adorava sua mãe, não é?

_Meu pai também. Ele era um homem incrível, de atitude, tivemos muitas divergências, mas, nada que pudesse afetar nossa relação. Ele me ensinou tudo o que sei sobre a fazenda, onde ele ia me levava explicando tudo em detalhes. Depois que morreu, eu não pude mais vir aqui. sempre tinha muitas obrigações na fazenda e quando me aventurei a criar cavalos e vendê-los ficou mais difícil sair. Sempre tinha todos os tipos de preocupações que as vezes me deixava maluca.

_Eu imagino o que é estar sozinha tomando conta de tudo, sem alguém para pedir conselhos. - dizia ele enchendo a taça de vinho de Dora.

Dora não se continha, adorava contar sobre a vida com os pais, as viagens que faziam, os brinquedos que ganhava e na tristeza de perder a mãe tão cedo, antes mesmo de sua adolescência.

_Eu perdi minha mãe quando tinha doze anos e meu pai aos dezenove quando ainda estava estudando no exterior. Foi a pior fase da minha vida. - dizia tristemente. - Sempre achei que eles foram embora muito cedo.- enxugava as lágimas sem disfarçar.

Tobias abraçou-a pegando no colo, levou-a para o quarto.

_Você está precisando de um banho para se acalmar.

_Eu? - dizia sorrindo - tomei vários.

_Venha, eu vou com você.

_Serio? Vai tomar banho comigo?

_Você se mataria se tomasse sozinha, não esta em condições de se manter em pé.

_Eu tomei um pouco de vinho a mais mas estou sabendo muito bem o que faço.

Dora reclamava o tempo todo, ate que Tobias entrou com ela na banheira, sentando de frente.

_Vire-se! - disse ele com o sabonete na mão - Vamos, vire-se.

Dora obedeceu ficando de costas par ele, ficou concentrada nos movimentos das mãos

dele que descia dos ombros indo até o fim de suas costas, passava para os braços cruzando os para passar o sabonete nos seios ate chegar a sua barriga. Dora deu um salto ao sentir as mãos dele chegando em suas partes intimas.

_Vire-se para mim agora. - disse no ouvido dela.

Dora atendeu o pedido tão bem formulado ficando de frente a ele.

Tobias pegava a perna dela passando o sabonete delicadamente, ela olhava para ele sentindo o desejo crescer a cada toque. Os dois ficaram parados se olhando por uns segundos quando ele coloca o sabonete no mármore dizendo:

_Agora é a sua vez.

Num impeto Dora pega o sabonete e tenta fazer o mesmo, mas Tobias sai de repente da banheira enrolando-se na toalha.

_Você não pode sair agora é a minha vez.

Ele não lhe respondeu caminhando para o quarto, joga a toalha e fica parado em frente a janela completamente nu, mostrando que tinha um corpo esculpido por deuses.

_Por que saiu tão de repente? - perguntou Dora enrolada na toalha macia e branca.

Tobias volta-se para ela mostrando toda sua exuberância masculina, pega Dora no colo levando-a para a cama. Ela sorria deixando-se levar por ele que arqueava o corpo sobre ela. Tobias deu um longo e ardoroso beijo, era tão intima sua atitude mostrando a ela como seria a sua aventura aquela noite.

_Isso vai ser muito excitante. - dizia Tobias

Não havia limites para o que queria fazer aquela noite com ela que era totalmente sua, como um sonho seu de infância que agora era real.

Exausta, Dora dormiu tranquilamente, ele ficou acordado observando aquela mulher que queria ser tão durona e estava lindamente fragil deitada sobre seus braços, ele beijou seus cabelos e adormeceu.

Dora acordou com um barulho no corredor, olhou pra o lado da cama e não viu Tobias, levantou-se olhando a bagunça que estava a cama e ela totalmente nua. Olhou pela janela e viu Tobias sentando sobre a areia. Tomou um banho, vestiu um vestido leve e desceu até a onde ele estava juntando-se a ele.

Ele parecia que sentia sua presença porque olhou para sua direção.

_Oi querido, bom dia!

_Bom dia.

_Há quanto tempo esta aqui?

_Há bastante tempo, desde que o sol nasceu. Precisava ter visto como é lindo.

_Por que não me chamou?

_Para que? Você dormia tão bem.

_Tomou seu café?

_Não, quis esperar por você.

_Então vamos, estou faminta. - disse estendendo a mão para ele.

De mãos dadas os dois voltaram para casa, Dona Célia os esperava pra o café da da manhã.

_Bom dia dona Dora, senhor Tobias.

_Bom dia. - reponderam.

_Espero que o cafe esteja do gosto de vocês.

_Hum! o que vejo aqui; - diz Dora encantada com a mesa farta de gostosuras - É tapioca?

_É, tem doce e salgada recheada de frango com catupiri e com queijo cheddar que eu sei que a menina Dora gosta.

Dora olhava para Tobias sorrindo.

_Experimente amor, ela é uma especialista em tapioca e o bolo de mandioca, precisa provar. Ela coloca coco e amendoim que ela sabe que eu adoro.

Tobias sorria pegando um de cada e colocando no seu prato. Dora sorria vendo o apetite dele voltando, fez o mesmo experimentando de tudo.

Dona Célia olhava os dois se fartando com as delicias que ela colocava sobre a mesa, saiu em seguida deixando-os sozinhos.

_Preciso ligar para Ana, dizer que chegamos bem.

_Fique tranquila, eu liguei hoje cedo.

_E ai?

_Disse que você estava dormindo e, estava mesmo.

_Eu queria falar com ela.

_Depois você liga. Ela também parecia que queria falar com você. Nunca vi tanta proteção para alguém adulto.

Ela perguntou se você estava se alimentando bem. - ele olha para o prato dela depois para ela dizendo: - Ela deveria ver o seu prato agora, nem ia se preocupar tanto.
_Ela sempre cuidou de mim, acho que vai querer cuidar de meus filhos também.
Dora falava em filhos e olhou e relance para Tobias queria ver a reação dele, ele estava concentrado no bolo de mandioca que devorava nem fez questão de dizer algo.
Os dois aproveitavam muito bem o tempo que tinham para curtir juntos, saiam para conhecer a cidade, por onde passava Dora comprava lembranças para Ana e Ivete, sem se esquecer de Jonas e os demais. Os dois foram em uma feira de animais que acontecia na cidade. Divertiam-se muito juntos, curtiam a vida de casados, os dias foram maravilhosos para eles e a natureza colaborando dando muito sol e calor, as noites eram lindas, o céu cheio de estrelas e a lua deixando o quarto mais romântico para outra noite de amor, deitados na cama abraçados olhavam a lua conversando sobre o que fariam no dia seguinte.

Uma semana depois partiam para Angla dos reis, Tobias fez uma imagem da casa que encontraria, mas essa superou em tudo suas expectativas, era linda, toda feita de madeira, ficava num condômino fechado. Tinha uma linda e grandiosa arvore no centro da sala que se interagia totalmente com a decoração onde foi feito um jardim, tudo era a luz solar, fogão a lenha, os quartos tinham uma das paredes de pedra e as outras de madeira.
_A casa foi construída para integrar-se a natureza, minha mãe se apaixonou por essa arvore e não deixou que a cortassem.
_O que ela fez muito bem. - comentou Tobias.

_Meu pai fez de tudo pra o proprietário vendê-la, olha que não foi fácil, o homem não queria de jeito nenhum, mas o meu pai ofereceu uma oferta que ele não pode recusar. Foi uma das casas mais caras que ele adquiriu. - contava Dora.

_Essa casa é bem ecológica.

_Muito, a natureza foi totalmente preservada nessa parte,onde a casa foi construída não tinha arvore, apenas mato e alguns arbustos,o antigo dono era engenheiro ambiental, sabia tudo sobre essa floresta de mata atlântica. Pode ver que essa enorme pedra aqui onde foi colocada a casa é parte de tudo.

Era bem verdade, a casa ficava próxima a uma montanha de pedra e logo abaixo o mar, um rio cortava toda a propriedade vinda do alto da montanha, enchia a piscina que ficava no alto de frente para o mar,a casa era bem fresca no verão e podia ser aquecida no inverno.

Dora chegou no imenso portão trazida por um táxi, Tobias coloca as malas no chão depois de pagar pela corrida, o motorista olhava a casa admirando. Tobias abre a porta para ela entrar, Dora seguia em frente levando sua bagagem de mão, não via ninguém.

_Sera que não tem ninguém em casa?

_Você avisou que viríamos?

_Avisei minha tia, ela deve ter ido a praia que fica logo abaixo. - disse apontando para o mar logo a frente deles.- Vamos entrar.

Dora chegou perto da porta chamando, a porta estava apenas encostada, ela abriu.

_A porta esta aberta, deve estar por perto.

_Aqui é muito isolado. - disse Tobias olhando ao redor.

_Não se preocupe, tem seguranças vinte e quatro horas por dia, todos os dias.

_E onde estarão todos? - colocando a mala no chão de

pedra muito limpo.

_Aqui, bem atras de vocês. - dizia uma senhora aplaudindo o casal toda sorridente, ela estende os braços para sua sobrinha.

_Tia Eunice, que saudade.

_Dora minha querida quanto tempo.

_Que bom que você veio querida.

_Tio Vitório como vai?

_Muito bem querida, melhor agora que te vejo casada, pena que não deu para irmos ao seu casamento.
Dora apresentou Tobias e logo atras os primos dela apareciam do nada.
_Este é o Daniel, lembra dele Dora?
_Claro.
_E essa é a Jéssica.
_Ola, como vão? - dizia Tobias estendendo a mão.
_Querida o quarto de vocês é o mesmo que os seus pais ocupavam, eu pessoalmente arrumei ele para vocês.
_Muito obrigada, tia.
_Se vocês se aprontarem logo podemos almoçar, esta na hora.
_Eu senti o cheiro bom la de fora. Pensei que estavam na praia.
_Para dizer a verdade fomos a cidade para encher a despensa, estávamos voltando da praia porque fui chamar os meninos para o almoço quando vimos vocês entrando. Na portaria nos avisaram.

CAPÍTULO XII

Tobias estava adorando a estadia na casa junto dos tios de Dora, eles eram muito prestativos e simpáticos com o casal dando total privacidade a eles, faziam de tudo para terem conforto. Tobias olhava a casa que era confortavelmente decorada, tapetes grandes sobre o chão de pedra, grandes almofadas jogadas ao lado da cama de madeira de lei, muito pesada. Os moveis antigos eram bem conservados.

Os tios de Dora não sabiam como agradar mais, estavam se esforçando ao máximo para o conforto do casal,eles quase não ficavam na casa grande e sim na pequena que ficava mais abaixo perto da praia, mais moderna que o pai de Dora construiu para a cunhada morar com a família.

_Vocês poderiam ficar mais tempo Dora, uma semana é pouco.

_Eu sei tia, mas ainda temos que ir para a Ilha Bela, tenho assuntos...quer dizer, temos assunto a resolver por lá.

_Ainda bem que agora não esta sozinha, tem alguém para te ajudar.

_É verdade, o Tobias sabe muito.

_Sabe mesmo. - dizia o tio sentando ao seu lado vendo a

esposa cortando as batatas para o jantar. - Ele me contou tudo o que fez por la e como você esta indo bem com os cavalos. Você tem cabeça menina, se continuar assim vocês vão longe.
_Não é nada fácil tio.

_Eu imagino.

_Passou muito rápido Dora, os dias que ficaram aqui, parece que chegaram hoje.

_É mesmo, mas eu vou voltar logo, o Tobias gostou muito daqui. Ele engordou bastante depois que começamos a lua de mel. - disse sorrindo.

_A Ana me ligou hoje cedo para saber de você. Todos riram.

_Ela é muito protetora.

_Desde quando a Maria nos deixou, ela vem sendo a mãe de Dora.- falava saudosamente da irmã a tia de Dora.

_É verdade, mas agora sou adulta e tenho um marido para cuidar de mim.

_E falando nele, onde esta o seu Tobias, filha?

_Andando na praia.

_Ele pegou uma vara de pescar que eu lhe dei e saiu, disse que voltaria quando pescasse algo.

Dora sorria do fato.

_Quero ver se ele é bom pescador.

_Não sei não Dora, ele parece ser muito bom em tudo o que faz.

_Não exagera tia.

_Ele andou me falando em umas melhorias nessa casa, eu achei muito bom e econômicas.

_É verdade tio?

_Sim, você sabe que a casa fica a maior parte do tempo fechada, a Eunice vem aqui todos os dias para abrir e depois fecha. Ela e a Jéssica limparam porque vocês viam para cá. Faz muito tempo que não tem uma boa reforma.

_Eu gostaria que vocês fossem me visitar na fazenda para ver tudo com os próprios olhos.

_O Vitório ia adorar andar a cavalo, não é meu bem? Você sabe que eu não sou fazendeira como sua mãe.

Dois dias depois dessa conversa os dois estavam de partida para Ilha Bela, Tobias dirigia a caminhonete que fora do pai de Dora, estava bem conservada.

_Você pode ficar com essa caminhonete para você Tobias, eu tenho a minha e não preciso de outra.

Ele olhou para ela surpreso.

_Você esta me dando o carro que foi do seu pai?

_E quem melhor para cuidar dele? Você sabe que eu tenho uma, não vou precisar de outro carro, você não tem e precisa de um para os afazeres.

_Não sei o que dizer.

_Não precisa dizer nada.

Ao chegarem a ilha, Tobias foi novamente surpreendido pela suntuosa casa, toda cercada pela mata atlântica bem conservada, rodeada de pedras brancas, a casa ficava no meio da propriedade, uma linda piscina nos fundo e na frente a praia particular, a casa era toda branca assobradada de janelas grandes pintadas de verde musgo, na varanda lindas redes eram postas para o descanso, o gramado bem aparado, muitas flores desabrochando, nos fundo perto da piscina ficava o pomar, com dois pés de jaca, um enorme abacateiro, vários pés de banana, um pé de limão, dois pés de laranja, varias goiabeiras em flor, pitangueiras e dois pés de jabuticaba que Dora adorava ficar em baixo e saborear a fruta. Na casa os dois tiveram mais privacidade do que em Angra, apenas os empregados que viviam e trabalhavam estavam por perto. As malas foram levada para um grande e arejado quarto, muito bem decorado com um carpete de madeira. Tudo muito bem limpo e conservado.

Tobias e Dora faziam amor no grosso tapete de

lã que estava sobre o chão próximo a janela que dava vista para o mar, o suor escorrendo pelo rosto de Tobias do ritmo acelerado, o coração batendo seguindo o mesmo ritmo cada vez mais forte. Dora achou tudo alucinante, estava cada vez mais presa a Tobias e aquele amor que ele lhe oferecia sem pedir algo em troca. Sua lua de mel estava sendo tudo e muito mais do que sempre imaginou que seria, "valeu cada centavo". pensou ao vê-lo dormindo depois do ato.

Foi triste para eles deixarem a ilha, aquele lugar que mais se parecia com o paraíso e voltar para a realidade,mas o compromisso na fazenda não poderia ser adiado.

Dora havia comprado novos embriões de campeões e estavam chegando, ela queria estar por perto quando Ricardo fosse fertilizar as suas éguas. Uma tempestade adiou por um dia a volta deles, para Dora foi o melhor dia de todos, com o dia chuvoso sobrou mais tempo pra os dois se amarem com direito a vinho, queijos, frutas e muito amor, para Dora, Tobias estava irreconhecível, carinhoso, amoroso, terno e muito romântico, depois que se casaram ele se transformou no homem que ela sempre sonhou, sabia que tinha chegado sua vez de ser feliz.

A sorte sorria pra ela, mas não para sua amiga Sara, Ana não lhe contou nada a respeito do que aconteceu com a amiga. Sara teve uma recaída voltando ao hospital, mesmo se passando um mes do casamento da amiga ela não conseguia esquecer Tobias. Sara encontrou um novo aliado, Ivan. Ele estava nos Estados Unidos, Sara mantinha contato com ele todos os dias dando- lhe informações que lhe eram enviadas inocentemente por Ana ou por Jonas.

A chegada na fazenda foi o que Dora esperava de Ana e Jonas, um banquete de delicias e flores no quarto rosas sobre o travesseiro, toalhas brancas com o nome deles bordados. Um mimo que ela queria fazer para os dois, Dora ficou emocionada, Tobias abraçou a senhora com afeto.

A viajem de lua de mel havia acabado literalmente.

_Agora é a hora da verdade Ana.

_O que quer dizer com isso filha. - perguntou Ana enquanto desfazia as malas postas no chão.

_A convivência um com o outro não é a mesma coisa que estarmos juntos todos os dias.

Eu sinto que agora é que vou conhecer o homem com o qual me casei.

_Não seja pessimista filha, você me disse que esta sendo muito feliz.

_É verdade.

_Ele te ama muito disso eu não tenho duvidas.

Dora não respondeu, mas sentia que algo nãos se encaixava. Desde que colocaram os pés na fazenda Tobias não parecia mais o mesmo de quando saiu, não era tão carinhoso e nem demonstrava tanta atenção. Ele foi logo para os estábulos saber dos animais, procurou pelos empregados da fazenda queria saber tudo o que aconteceu desde que foram viajar. Tobias ficava a maior parte do tempo entre os empregados, ia para os estábulos e por la ficava, a noite era a roda de conversa em torno da fogueira com os empregados, ou ficava no escritório rodeado de papeis e calculadoras. Dora desfilava de um lado para o outro exibindo uma linda camisola sensual e nada dele olhar para ela, ate que cansou e disse:

_Tobias vai ficar ai no meio desses papeis a noite toda?

_Preciso terminar de ver esses números que não estão bons.

_Não pode deixar para amanhã?

_Dora aquela sua festinha inconsequente meses atras, só somou prejuízos.

_Você não vai se esquecer disso nunca?

_Nem eu e nem ninguém.

_Ah! Por favor, Tobias, vamos deixar isso de lado - dizia chegando perto dele roçando sua perna nua no ombro dele, demonstrando suas intenções.

_Por favor, Dora cresça, eu tenho que rever esses cálculos.

_Porque esta falando assim comigo?

_O que você quer? Você não me deixa em paz um minuto.

_Quando viajamos você nunca me tratou assim, porque mudou?

_Eu fui bem pago pra isso.

Aquelas palavras feriram o coração de Dora, ela viu Tobias pegar todos os seus papeis e sair. Ficou ali parada sentada na cadeira que foi de seu pai,encolheu as pernas abraçando, não soube o que seria pior, a indiferença dele ou suas palavras.

No dia seguinte na hora do almoço ele conversava sobre tudo o que acontecia na fazenda com Jonas e Antônio presentes a mesa, falava das melhorias que queria fazer e tudo sem consultar Dora ou pedir sua opinião.

Dora foi até o escritório encontrando Tobias mergulhado em papeis.

_Eu preciso falar com você.

_Como esta vendo, estou ocupado, não pode ser depois?

_Não, tem que se agora. - disse determinada a por um ponto final naquele assunto.

_O que seria? - perguntou olhando para ela sem soltar a caneta que tinha na mão.

_Sobre o seu comportamento comigo.

_Podemos falar disso a noite. Agora estou muito ocupado.

_Você esta sempre muito ocupado, e quando vai ter tempo nos dois novamente? Antes que pudesse responder o telefone toca, ele atende olhando para ela.

_Alô? Como vai Sara? - perguntou com o olhar sobre Dora que fica surpresa com o telefonema da amiga. - Sei, claro que pode, afinal ainda sou seu amigo, eu estava querendo falar com você. Tudo bem, eu te espero. Quer que eu vá te buscar? Tudo bem. - desligou voltando sua atenção para os papéis.

_O que ela disse? Como esta passando?

_Muito bem, vai vir no final de semana.

_Serio? Eu preciso mesmo falar com ela, depois do que aconteceu eu não pensei que ela fosse voltar aqui.

_Não sei se ela vai querer falar com você.

_Por que diz isso?

_Ela mesma me disse. Agora por favor, eu preciso trabalhar. - Tobias pega o interfone que tocava e fala com Ricardo, ele se levanta.- Vamos ele vai fazer a inseminação na Chiquinha.

Dora ficou exultante, seguia Tobias pra o local onde estava sua malhada. Um belo animal da raça Árabe.

A fertilização foi um sucesso.

_Espero que dessa vez nada aconteça. - diz olhando para ela.

_Chega de festinhas, não é? - responde Ricardo sem saber que causava mal estar em Dora que lançou um olhar de quem não gostou do que ouviu.

_Patrão Tobias. - chamava Chico

_Não me chame assim Chico, - o rapaz deu de ombros - o que você quer?

_Tem uma moça procurando o senhor.

_Quem é Chico? - adiantou-se Dora.

_A moça que ficou aqui com a patroa.

Dora saiu na frente dele, sabendo que se tratava de Sara. Chegou ao estabulo vendo Sara, parecia muito bem de saudê, ela usava uma linda calça jeans um pouco justa, uma linda camisa branca e calçava botas de montaria. Ela estava de costas não viu quando Dora chegou perto.

_Ai está você.

Sara se voltou para ela e o sorriso desapareceu do seu rosto.

_Não conversa mais com as amigas?

_Dora se você fosse minha amiga não teria feito o que fez comigo e com o Tobias. Dora não pode responder porque ele adiantou-se tomando o braço de Sara.

_Como vai Sara?- beijou-lhe o rosto.

_Muito melhor agora. - respondeu sorrindo - Meu pai mandou-lhe aquela aguardente do Ceara que você gostou e minha mãe mandou-lhe as suas famosas empadinhas.

_Meu Deus, desse jeito vou engordar bastante. Os dois riram saindo do estábulos abraçados.

_Qual cavalo você quer montar?

_Que tal esse?

_Muito bom, esse é o Orion, ele é bem afetuoso e dócil, vai gostar dele. Mas acho melhor deixar eu escolher para você, esse é muito grande.

_Eu não gosto desse cavalo. - apontava para Trovão.

_O Trovão é um excelente animal quando sabe dominá-lo.

_Ele não é para covardes. - retrucou Dora de longe com os braços cruzados.

_Chico pode selar o Órion para mim?

_Qual você vai montar? - pergunta Sara tentando não se intimidar por Dora.

_Vou montar o Órion.

_E eu vou ficar com essa que você esta selando?

_Sim,essa é a orquídea, uma égua maravilhosa, ela esta precisando de exercícios.

_Porque você vai montar esse cavalo e eu essa égua?

_Ela é mais o seu tamanho, o Órion é um animal muito grande para você.

_Esta me chamando de baixinha?

Sara da um tapinha de leve no ombro dele.

_Ruivinha, você é pequena e delicada, não pode domar esse animal. Olha essas mãos tão finas e lindas.

Ao ver a cena Dora quase voou na garganta dele por ter beijado a mão de Sara e passando o dedo no seu rosto.

_São muito pequenas e delicadas.

_Muito bem. Você me convenceu. - Sara caminhou até a baia de frente para ver a égua, uma verdadeira lady, de puro sangue inglês, toda branca, Sara olhava o animal se vira dizendo a Dora:

_Teria sido mais conveniente você ter ido montada nessa égua, a sua aparição não teria sido tão dramática.

Dora sabia que ela se referia ao dia do seu casamento, sentia sua raiva batendo contra ela, ela desejava estar no seu lugar e culpava por ter se casado com Tobias, ela foi caminhando lentamente até onde Dora se encontrava parada.

_Não acha que precisamos conversar?

_Eu creio que não, porque o Tobias me contou como foi e porquê.

_Ele deve ter contado a versão dele.

_Talvez, mas eu fico com ele.

_Você não quer me perdoar, tudo bem, mas não querer

ouvir as minhas explicações e, jogar fora a nossa amizade.

_Sabe de uma coisa Dora, na realidade eu acho que nunca fomos amigas. Vocês se lembra do Eduardo? E como tudo aconteceu?

_Você vai me culpar pelo furo na camada de ozônio também? - dizia Dora com ironia.

_Não seja cínica.

_Não estou sendo,você deve ter se esquecido de que ele te usou para chegar a mim. Ele disse isso na sua frente, eu estava presente, lembra-se? Ele jogou tudo na sua cara quando estávamos no aniversario de casamento dos seus pais.

As duas se olhava sem dizer nada, Tobias passou entre as duas com o animal de Sara selado.

_Vamos Sara? - falava entregando-lhe as rédeas. Saíram deixando Dora para trás.

_Quer que eu sele o Trovão patroa?

_Não Chico, obrigada. Mas amanhã bem cedo eu venho buscá-lo.

_Tudo bem patroa.

Saiu em direção a sua casa, estava transtornada em ver seu marido sair com sua ex amiga.

Ana que tirava o pó dos moveis da sala, assustou-se com sua entrada repentina.

_O que aconteceu filha? Precisava bater a porta desse jeito?

_Desculpe Ana, é que eu não sei o que esta acontecendo com a minha vida.

_Porque diz isso menina?

_Ana, nossa lua de mel foi maravilhosa, ele foi tão carinhoso, atencioso, me amava com tanto ardor, mas, assim que chegamos ele mudou completamente.

_Mudou? Como? - a velha senhora sentada ao lado dela.

_Mudou o comportamento comigo, suas atitudes agora é mais grosseira, me trata como se eu fosse um peão da fazenda ou pior.

_Que isso filha, não acha que esta exagerando? Ele anda muito tenso com as coisa que esta acontecendo na fazenda.

Dora deita a cabeça no colo dela deixando que ela afague seus cabelos como fazia quando era ainda uma criança.

_Sabe cachinhos, a vida de namorados é uma coisa, a de casados é outra, a responsabilidade é maior, a cobrança para que tudo saia perfeito e, nem sempre é assim. Mas tenha calma, tudo vai se ajeitar, você vai ver.

_Eu não sei o que seria de mim se não fosse você Aninha. Eu te adoro. Ana abraça aquela que conhecia desde do nascimento.

Aquele fim de semana não foi o que Dora esperava, ficou de lado o tempo todo,Sara não falava com ela. Tobias dormia no quarto que Dora ocupara anteriormente. O que não gostou foi ver da sua janela os dois brincando na piscina. até Ana desaprovou sua conduta por que não entendia o jogo que ele estava fazendo.

Na manhã de segunda-feira quando Dora voltava com Trovão viu os dois abraçados, soltou a rédea para que fosse mais rápido e alcançasse o carro da amiga:

_Pare o carro Sara.

_O que você quer Dora?

_Encosta esse carro agora.

Sara parou o carro mas não desligou.

_Diga logo o que você quer?

_Quero dizer apenas que não somos mais adolescentes e que não estamos disputando o mesmo homem por que Tobias é meu marido.

_Você o tirou de mim e sabe disso. Íamos ficar noivos, era para ele ser o meu marido. Você manipulou a situação. Para ter um homem você precisa comprá-lo, então ele não é seu. Eu posso oferecer uma outra proposta que é bem mais valiosa do que o seu sujo dinheiro. O meu coração e o meu amor de corpo e alma.

Terminando de falar sai cantando pneu.

Dora com toda a raiva que sentia puxou Trovão com força saindo a todo galope. Deixou o animal suado para que Chico cuidasse.

Entrou na casa vendo Ana.

_Eu já ia mandar te chamar para o café.

_Onde esta Tobias?

_Tomando o seu café.

Ela se dirigiu para a sala de refeições, ela estava só, o que era conveniente.

_O que pensa que esta fazendo? - deu um soco na mesa fazendo tudo tremer e o café de Tobias derramar.

_Olha o que você fez Dora.

_Isso é pouco em vista do que vou fazer com você.

_Deixa de ser criança e aprenda a viver com o que você encontrou. Eu ia me casar com ela.

_Você disse que me amava, me fez a sua e agora descarta?

_Eu não te descartei, você ainda é minha esposa.

_E de que isso adianta? Se não parecemos um casal? Todos já sabem que não dormimos juntos.

_E dai?

_E dai que...- de repente Dora tem um mal estar súbito.

Tobias levanta rapidamente e consegue segurá-la antes que ela caia, pega-a no colo

levantando até o sofá,deitando.

-Dora, acorda.- diz tirando os cabelos dela do rosto.

Aos poucos ela foi voltando.

_O que aconteceu com você? - perguntou Ana toda aflita.

_ela teve um mal súbito. - falava Tobias com Dora tentando se levantar.

_Já estou bem. - dizia tirando as mãos dele de cima dela.

_O que aconteceu filha?

Ana colocava as mãos sobre a testa e o rosto de Dora.

_Não tem febre, você não tomou seu cafe ainda.

_Ainda não...

_Então deve ser isso, vamos, vou te preparar uma boa vitamina, ou prefere uma gemada?

_Não se preocupe tanto Ana, estou bem, deve ser a pressão que caiu.
_Ser for você deve ver o doutor Estevão logo.
_Pode deixar que eu vou sim.
_Se quiser eu ligo pedindo para ele vir ate aqui te ver.
_Não precisa se preocupar Ana, estou bem.
_Agora senta, você precisa se alimentar bem.
Tobias olhava as duas sem saber o que deveria dizer.
_Tome esse leite enquanto esta quente.
_Obrigada querida.

Ele sentou-se ao lado dela na mesa servindo-se de um pedaço de bolo, não dizia nada, apenas observava o jeito de Dora, não sabia ao certo se ela estava representando ou era realmente um mal estar.

_O que aconteceu?

_Não sei...deve ter sido por causa da raiva que sinto de você.

_Então tente se controlar, ou pode ter um ataque a qualquer momento.

_Talvez seja o que você quer, mas não vai acontecer. - ela para de falar porque Ana olhava com olhar repreendendo Tobias para que não respondesse.

_Agora tome o seu cafe filha, vai te dar mais força.

Dora sentia que Tobias não tirava os olhos dela, ele tentava desvendá-la de qualquer jeito.

CAPÍTULO XIII

No final da tarde, Estevão aparece na fazenda, era um antigo caso não resolvido de Dora, ela o deixou para namorar Eduardo, assim que ele foi embora, Estevão e Dora voltam a namorar. O pai de Dora a manda para a Suíça e sem mais nem menos, Dora casa-se por lá deixando Estevão na faculdade de medicina esperando por ela para que casassem. Ele nunca perdeu as esperanças, quando volta da Suíça ele era um medico conceituado, trabalhava vinte quatro horas todos os dias e Dora também ocupou-se da fazenda não se falando mais.

Dora deixou o livro que lia de lado quando Ana entrou com Estevão logo atras sorrindo para ela.

_Estevão que bom ver você. Está cada vez mais bonito.

_Será? Ninguém gosta de ver um medico.

_Você é a dissenção.

_Obrigado pelo "bonito". Não fiz a barba hoje, não deu tempo ainda. - ele da um beijo no rosto de Dora um pouco mais demorado do que o convencional.

_Você vive no hospital, não é?

_Nasci para ajudar as pessoas.- responde sendo conduzido a sentar ao lado de Dora.

_Ainda faz trabalhos voluntários?

_Ainda faço! Mas, quero saber o que aconteceu com a minha paciente favorita.

_Não sei dizer, acho que foi o estres do dia a dia.

_Desculpe por não ter vindo ao seu casamento. Estava numa cirurgia muito complicada, durou exatamente oito horas.

_Meu Deus.

_Foi longa e difícil, mas graças a Deus e a minha boa equipe foi um sucesso.

_E graças também ao excelente medico que você se tornou.

Enquanto eles conversavam, Estevão a examinava nos mínimos detalhes.

_Você me parece bem. Preciso que faça alguns exames, sempre teve boa saúde por isso eu não acho que seja algo que deva se preocupar, Mas é sempre bom fazer tudo direito. Venha ao meu consultório amanhã cedo, eu reservo um horário apenas para você.

_Obrigada, eu vou sim.

Ana entra e anuncia o jantar.

_Eu coloquei o seu prato na mesa Estevão.

_É claro que ele vai ficar. - diz Dora pegando-o pela mão.

_Se vocês insistem, eu fico, mas não tive tempo de me trocar, ainda estou com a mesma roupa do consultorio. Vim assim que Ana ligou dizendo que você teve um mal súbito.

_Não se preocupe com essas formalidades. Você continua um homem muito bonito e elegante. Mesmo vestido de branco.

Estevão e Dora estavam conversando animadamente sentados a mesa de jantar quando Tobias entra.

_Olá! - diz olhando diretamente para Estevão que se levanta para cumprimentá-lo.

_Como vai? Você deve ser o marido de Dora, prazer, Estevão.

_Prazer Tobias. - Tobias olhava sabendo que o conhecia.

_Tobias, esse nome não me é estranho.

_Acha que o conhece? - pergunta Dora.

_Não, creio que não, mas o nome é de alguém que conheci na infância, não vi mais também.

Tobias olhava duramente para ele, Estevão percebendo de que não era bem vinda aquela conversa, olha para Dora falando de coisas amenas. Os dois se divertiam rindo a todo instante, ate Ana participava da conversa dos dois.

_Vejo que se sente melhor. - falava Tobias.
Dora segura a mão de Estevão que descansava ao seu lado.
_Acho que rever um bom amigo me fez bem.
_Estou sempre a sua disposição, sabe disso.
_Quando você vinha aqui senhor Estevão, Dom João ficava sossegado sabendo que a nossa pequena Dora estava em boas mãos.

Os três riam, menos Tobias que ha muito tempo não via Dora rir daquele jeito tão espontâneo. Ele tinha se esquecido como era linda aquela risada e como Dora ficava corada dos elogios que ele fazia a ela. Ana entra trazendo o prato principal.
_Estevão, fiz o seu prato favorito, sabia que você viria quando soubesse de Dora.
Tobias larga o garfo sobre o prato fazendo barulho, demonstrando que não gostou do comentário, mas, ninguém se importou.
_Não diga que você fez aquele peixe assado com batatas que só você sabe temperar.
_Parece que ela estava pensando em você querido! - falava Dora servindo-se de uma boa porção de salada verde.- Ainda continua o mesmo Estevão, Ana.
_Você esta no mesmo consultório?

_Claro, o prédio como Dora sabe é da minha família. Porque quer saber Ana, você tem uma saúde de ferro, nunca vai me fazer uma visita.

_Você sempre disse isso, mas, sabe a idade vai chegando e temos que cuidar bem de nossa saúde para temos uma velhice tranquila.

_Nisso eu concordo com você. Uma boa alimentação balanceada, exercícios e não se esquecer de se divertir, aliviar a cabeça de vez em quando é bom, mudar a rotina. - diz servindo- se de uma boa quantidade de peixe, dá uma garfada e continua. - Hum, que delicia, você continua insuperável Ana, que saudade da sua comida.

_Você pode vir quando quiser, sabe disso. - diz Dora Estevão coloca sua mão sobre a dela sorrindo ao dizer:

_Acho que senti mais saudade da comida da Ana do que de você Dora. Desculpe querida.

_Não se preocupe, eu sempre soube que você era bom de garfo.

_É verdade, eu lembro quando você e Dora namoravam, ela era bem mais gordinha e você também querido.

Dora e Estevão riam dos comentários de Ana, Tobias deixa o garfo sobre o prato e se levanta sem fazer um único comentário o jantar todo.

Dora percebe que ele tentava chamar a atenção e logo começa a falar um assunto que era a paixão de Estevão, a medicina.

Dora fazia exatamente o que ele fizera com ela quando Sara estava na casa, ignorou-o completamente, "ele vai sentir o gosto do próprio remédio".

Logo depois do jantar, Dora acompanhou Estevão até o seu carro.

_Pequena, eu percebi algo de errado entre você e o seu marido, o que aconteceu?

_Ah, seu fosse contar ia durar a noite toda.

Ele passa a mão sobre os cabelo dela puxando um cacho e soltando.

_Será que não fez outro erro?

_Não sei o que fazer Estevão. Fiz tudo certo dessa vez e não sei o que deu errado.

_Será mesmo que fiz tudo certo? Eu fiquei sabendo de algo que não acreditei que você fosse capaz pequena.

_Por favor, você também para me julgar, não...

_Não estou te julgando. Apenas...- ele vai chegando mais perto dela - você sabe o que eu sempre senti por você.

_Eu sei Estevão querido, mas acho que o nosso tempo passou.

_Não quero pensar assim.

Estevão da um beijo nos lábios dela pegando-a de surpresa.

_Estevão o que você fez? E se o Tobias vê.

_Eu me entendo com ele. Espero que ele a faça muito feliz ou vai se ver comigo. - ele entra no carro ligando o motor dizendo: - Agora estou mais preocupado com você, não se esqueça passa amanhã no meu consultório, vou estar te esperando, vamos almoçar juntos e se quiser eu tiro o dia para ser seu ombro.

_Obrigada querido.

_Essa é a minha pequena.- disse sorrindo - Vejo você amanhã.

Ele joga um beijo virando o volante, sem que Dora soubesse, Tobias presenciava toda a cena, parado na janela de punho cerrado.

Na manhã seguinte ele queria reparar o erro que havia cometido e comentou no cafe da manhã.

_Esta se sentindo melhor?

_Estou.

_Que horas você vai ao médico?

_Não sei.

_Avise assim que você for, eu gostaria de ir com você.

_Não precisa.

_Eu faço questão de te levar, você não deve dirigir sozinha.

Ela não respondeu limitando-se a terminar o seu cafe.

O dia foi bem atarefado para eles, Dora ajudava Chico com os animais enquanto Tobias estava rondando a propriedade com Antônio e Jonas. Dora liga para o amigo avisando que só iria no fim da tarde. De tardinha Dora pegou a caminhonete e saiu em direção a cidade sem dizer nada a ninguém. Tobias foi sentir sua falta na hora do jantar.

_Onde esta Dora? - perguntou a Ana.

_Ele foi ao consultório do Estevão, você não se lembra?

_Eu sabia que ela ia, mas, pedi que me avisasse.

_Ela pediu para te avisar, você não foi encontrado. Ele olhou para o relógio dizendo:

_Ela não deveria estar aqui a esta hora?

_Dora telefonou dizendo que ia jantar com Estevão.

Tobias deixou a mesa e o prato ainda cheio de comida, estava nervoso, foi em direção ao jardim,ligou várias vezes no celular dela, fora de área, ficou irritado com aquela aparição de Estevão novamente na vida de

Dora e naquele momento tão delicado em que estavam passando. O ciumes que estava sentindo ao ver ele a beijando subiu a cabeça, tentava se controlar ao máximo para não ir atras, ele a amava e muito, mas, não queria por tudo a perder, não agora que estava quase conseguindo o que sempre quis o amor de Dora.

Dora estava se divertindo no jantar com Estevão, não soube porque o desprezou tanto, ele a fazia rir, era bonito, charmoso,sabia como cativá-la. Tinham tudo o que um casal deve ter para ser feliz e dar certo, todos diziam que eram o par perfeito, os amigos diziam que os dois eram como "arroz e feijão", a "goiabada e o queijo", nada parecia que quebraria aquele romance da juventude, até Eduardo aparecer na fazenda.

Voltando para casa com as flores que ele lhe deu, pensava   no resultado do exame e no que Estevão lhe disse ao entrar na sala com o resultado na mão.

_Olha o que eu tenho aqui! - dizia chacoalhando o papel na mão.

_Saiu o resultado?

_Ele esta bem aqui, eu esperava por esse resultado.

_Deixa eu ver.

ele lhe entrega o envelope, Dora olha assustada para ele.

_Estevão, deu positivo.

_É isso ai.

_Não posso ter esse filho.

_E o que você quer fazer?

_Não sei...não consigo pensar direito...não estou preparada para isso.

_Vai contar ao Tobias?

_Não e nem você.

_Eu não abro minha boca.- diz balançando os braços.

_Preciso ir embora.

_Vamos jantar como combinamos, você vai ficar com a cabeça mais fresca quando voltar para casa e pensar no que vai fazer.

Dora estacionou o carro, pegou o exame e escondeu debaixo do banco, pegou as flores saindo, no meio do caminho encontra Tobias.

_Porque não me esperou para ir com você? Dora olha para ele dizendo:

_Que susto Tobias, esta parecendo um fantasma aparecendo assim.

_Você não respondeu a minha pergunta.

_A Ana não deu o recado?

_Deu sim.

_Então você sabia.

_Você sabia que eu tinha saído para fazer vistoria a propriedade.

_Estou de volta sã e salva.

Dora entra na casa deixando as flores num vaso próximo, leva para o quarto e coloca água, quando Tobias entrava tirando a camisa e os sapatos. Dora vai em direção ao closet troca de roupa, quando volta vestida de uma pequena e fina camisola vê Tobias deitado na cama. Dora finge que nada esta acontecendo, deita ficando de costas para ele, apaga a luz e ouve ele falar:

_Não vai me dizer boa noite?

_Boa noite.

_Mas com um beijo e não assim secamente. Ela se vira para ele querendo explicações.

_Tobias o que você quer de mim? Já não brincou bastante com os meus sentimentos.

Aonde está sua amiga Sara?

_Eu brinquei com os seus sentimentos? E o que você fez comigo?

_Por favor, volte para o seu quarto e vai dormir.

_Você não me quer aqui com você?

_Você é que foi dormir lá,eu não mandei. Aliás, eu fui atras de você?

_Então!- dizia roçando o pescoço dela - Que tal ficarmos juntos hoje.

_Não obrigada, eu não quero você de vez em quando.

_Estou aqui não estou?

_Vá dormir, eu não quero você.

Tobias levanta da cama fechando a porta.

Dora queria que ele ficasse, mas não naquelas circunstancias, não demorou muito para levantar e ir ao banheiro jogar fora todo o jantar, o enjoou que sentia era grande, pegou o remédio que Estevão lhe deu e tomou, a custo conseguiu dormir.

Tobias acordou logo bem cedo antes de amanhecer, chico mexeu-se na rede vendo o patrão selando um animal.

_Bom dia patrão.

_Bom dia Chico, pode voltar a dormir, você sabe para onde foi a patroa Dora?

_Não vi ninguém saindo não, patrão.

Tobias apontou para mostrar que Trovão não estava na baia.

- Nossa patrão, o Trovão não esta aqui, eu nem vi quando ela saiu, que loucura.

_Não se preocupe eu a encontro. Tobias saiu com Órion a todo galope.

Dora galopava na divisa da sua propriedade com a propriedade vizinha abandonada, sentia tristeza com o que tinha acontecido com aquela família, não lembrava muito deles, apenas sabia que tiveram um filho, era um menino bem gordinho, todos riam dele, não lembrava o nome, viu o garoto apenas umas vezes de perto quando foi com seu pai a fazenda dele. Na época tinha oito anos, depois só o via de longe, não tinham muito contato. Os pais de Dora não contaram o que havia acontecido, mas ouviu uma conversa entre os pais, ficou chocada ao saber que a mãe daquele garoto gordinho havia se suicidado tomando vários remédios apos descobrir que o marido a havia traído.

Aquela historia deixava Dora sentindo pena do garoto que devido a briga de família tinha ido morar num colégio interno. Depois de alguns anos soube que morrera e desde então a fazenda ficou abandonada. Imersa nos seus pensamentos não notou Tobias se aproximando, ele deixou o animal pastando alguns metros longe deles.

_O que te fez sair tão cedo da cama?

_Tobias você vive me assustando. - diz olhando para ele com os olhos arregalados.

_Por que saiu tão cedo? Aconteceu alguma coisa?

_Oras eu saio a hora que eu tiver vontade.

_Como esta se sentindo?

_Muito bem.

_Você precisa se alimentar, vamos, eu peço a Ana para preparar algo para você.

_O que foi que te deu para se preocupar comigo de uma hora para outra?

_Eu sempre me preocupei com você.

_Não precisa, agora tem alguém que se preocupa comigo...

_Quem? - disse alterando o tom de voz - O tal Estevão?

_Ele é medico esqueceu?

_O que vocês tiveram no passado?

_Namoramos.
_Antes ou depois desse tal Ivan.
_Muito antes.
_Sei! - ele foi chegando perto dela cada vez mais - O que sentia por ele?
_Esta querendo saber demais.
_Eu preciso saber.
Dora olha para ele,os dois quase se batem de tão próximos que estavam, Tobias chegou pegando o rosto dela beijando com força e vontade.
Aquele beijo que a deixara sem folego, finalmente ele a soltou dizendo:
_Você é minha Dora, foi minha e sempre sera minha. - terminando de falar ele a beija novamente com todo ardor, sentia uma falta enorme de sentir o corpo dela junto ao seu, ficaram abraçados por um tempo até que ele diz: - Você fez os exames que ele pediu?
_Fiz.
_E qual foi o resultado?
Dora não queria contar que estava gravida, não depois de tudo o que passou, a inconstância de Tobias era muito injusta.
_Não deu nada. - respondeu deitando a cabeça no peito dele
_Que bom! Vamos voltar que você precisa se alimentar.
Ele a puxou novamente para um outro e longo beijo quando um tiro é disparado e ouvido por ela, Tobias vai aos poucos caindo sobre ela.
_Tobias. - grita não conseguindo segurar ele.
Deixando-o deitado no chão vê uma poça de sangue na camisa impecável, as mãos dela estavam ensanguentadas.
Dora tremia toda, olhava ao redor não vendo ninguém, gritava desesperada.

Andava sem saber o que deveria fazer quando vê um peão da fazenda com uma enxada na mão passando.

_Ei! - gritava ela para chamar sua atenção.

O homem acenou quando viu quem era mas continuou o seu caminho.

_Venha aqui, por favor.

O homem ouvindo seu chamado veio em sua direção.

Com a ajuda daquele senhor, Dora consegue levar Tobias de volta para a fazenda.

_Jonas me ajude.

Ele veio olhando assustado para Tobias.

_O que aconteceu patroa?

_Eu não sei ao certo, ele levou um tiro

_Um tiro patroa? De quem?

_Não sei...preciso de um medico, não vai dar tempo de levá-lo a cidade.

_Ele precisa ir patroa.

Jonas gritava com todos os empregados para ajudá-lo. Dora pegou a caminhonete, logo estava na estrada com Tobias desacordado no banco de trás.

Chegou ao hospital mais próximo, deixou ele aos cuidados de Estevão que estava de plantão.

Dora não conseguia mais articular um único pensamento, nada fazia sentindo. Ela vê Estevão vindo em sua direção.

_Como ele esta, Estevão, me conte a verdade.

_Ele agora esta bem, a cirurgia foi muito bem. A bala foi retirada com sucesso.

_Eu posso vê-lo?

_Não, ele esta ainda na cirurgia, estão terminando.

_Quando eu vou poder vê-lo?

_Assim que for para o quarto. - ele olha para ela visivelmente preocupado. - O que aconteceu Dora? Estou perguntando porque tem um delegado ai e quer te fazer algumas perguntas, eu tive que relatar que ele levou um tiro, desculpe, mas foi preciso.

_Tudo bem.

_Você viu quem foi que atirou?

_Não.

_Não foi você, foi?

_Estevão, claro que não,eu amo meu marido.

_Ama mesmo? Vocês não pareciam muito bem quando estive por lá.

_Eu sei, mas isso foi por causa de Sara.

_A sardentinha? Ela voltou?

_Sim, e deu em cima de Tobias.

_Mesmo sabendo que ele era casado? Não acredito que ela fosse capaz...

_Não eramos casados ainda. A historia é longa eu te conto outra hora.

_Muito bem, o policial te espera na minha sala, você vai

ter um pouco de privacidade.
_Obrigada.
Tobias ficou no hospital, Dora foi para casa sentindo-se desconfortável em não ter contado que estava grávida. Passava a mão sobre a barriga deixando as lagrimas caírem por seu rosto.
Ao chegar viu Sara estacionando o seu carro. Assim que desceu ela foi logo dizendo:
_Onde esta o Tobias eu resolvi aceitar o convite dele para passar o fim de semana aqui.
_Ele esta no hospital.
_No hospital? Porque?
_Ele levou um tiro.
_Meu Deus, eu não acredito que você...
_Não seja burra, eu jamais faria algo assim.
_Eu não acredito em você.
_Pense o que quiser, eu preciso voltar com roupas.
Dora simplesmente deixa a amiga entrando na casa. Conta a Ana tudo o que aconteceu ao sair ver Sara ainda perto do seu carro.
_Ainda esta aqui.

_Eu vou com você ao hospital quero ver o Tobias, saber como ele esta.

_ele esta muito bem. - responde entrando no carro.

Os dias passavam, Tobias entrou em coma, Estevão fazia tudo para salvá-lo, cuidava de Dora que não deixava o hospital, Sara era bem presente também. Os dois estavam sempre conversando. "Bem que eles podiam se entender". pensava ao vê-los conversando.

Não havia pistas de quem atirou em Tobias, Dora havia sido investigada, quando descobriram uma luva no chão perto de onde ela dissera que estava com o marido, não havia sinais de pólvora em suas mãos, não tinham nada contra e nem a favor de Dora, apenas o testemunho de um senhor que estava a caminho do laranjal quando viu um homem a todo galope, segundo ele o homem estava apressado e com o rosto coberto, usava apenas uma luva preta em uma das mãos.

Isso livrou Dora de qualquer acusação. As investigações estavam a todo vapor,Dora tentava dar ao máximo toda a informação para que o homem fosse pego. Um mês depois Tobias saiu do hospital sendo levado por Dora.

_Jonas fez questão de vir junto.

_Olá patrão, que bom que esteja bem.

_Obrigado, espero que vocês não tenham acabado com a fazenda.

_Não patrão, a patroa Dora cuidou de tudo como sempre fez.

_Acredito.

Ele entrava no carro quando ouve alguém chamando por ele, era Sara que vinha em sua direção.

_Como você esta? Não deveria ficar até o fim de semana?

_Estou bem, não precisava ter vindo.
_Acha que eu ia deixar você? Eu cuidei de você todo esse tempo, sabia?
_Fiquei sabendo.
Tobias olhava para ela, não conseguindo encarar Dora que estava ao volante esperando que ele entrasse.
_Eu vou para casa, pode ir quando quiser.
_Obrigada querido, eu vou sim.

CAPÍTULO XIV

No fim de semana Sara apareceu na fazenda, Dora e Tobias caminhavam de mãos dadas, ele ainda estava com uma atadura no ombro, sentia dor e por isso não estava cavalgando. O clima entre eles parecia que ficaria novamente em lua de mel, mas ao chegarem perto de casa Dora e Tobias veem Sara parada, esperando por ele, assim que o viu foi em sua direção ignorando Dora.

_Tobias, eu acetei seu convite para o cafe, meu pai veio junto, nos vamos para a cidade, viemos buscar você.

Dora simplesmente continua a andar, entra na casa, Ana conversava com o pai de sara.

_Bom dia Dora, como vai?

_Muito bem, e o senhor?

_Na medida do possível, espero que não se incomode por ter vindo tão cedo, a Sara me pediu para acompanhá-la e, ao Tobias...seu marido. - dizia sem jeito - É porque ele conhece tão bem cavalos...que...

_O senhor vai adquirir um? - Dora trato logo de cortar a conversar, estava ficando constrangedora para ambos.

_Acho que com o entusiasmo da minha filha vou comprar mais do que o previsto.

Nesse momento Sara e Tobias entram na sala, os dois estavam rindo, "não quer nos contar a piada?" pensava Dora com ciumes.

_Todos estão aqui? Então posso servir o cafe? - perguntava Ana.

_Sim Ana, por favor - Dizia Dora caminhando para mesa conduzindo o pai de Sara.

_Não quero incomodá-la mais do que estou.

_Não se preocupe, o senhor esteve muitas vezes aqui com os meus pais.

_Bons tempos aquele, filha. A mãe de Sara ainda era viva. Não sei se você se lembra de como nos divertíamos juntos.

_Lembro sim, Vocês saiam direto para o teatro, shows.

Enquanto conversava com o pai de Sara, Dora prestava atenção na amiga, o pai dela sempre fazia tudo o que ela queria.

Sara manipulava a situação ao seu redor muito bem. Depois do farto cafe da manhã, Tobias e Sara seguiam na frente, enquanto o pai caminhava ao lado de Dora. Sara era vingativa desde da infância e se Tobias lhe demonstrasse um pouco que seja que ela tinha chances, Sara atacaria com todas suas armas de sedução até que Dora se divorciasse dele, queria fazer algo para não ficar pensando, foi ate a plantação ver como estava indo a colheita, novos funcionários foram contratados para o plantio de novas mudas que substituiriam as que foram arrancadas pela doença. Antônio estava otimista com a nova safra, ele e Dora conversavam sobre as exportações.

_Os contratos estão fechados segundo Tobias.

_Muito bem.

_Eu entreguei pessoalmente para que você assinasse, esta tudo nas mãos dele.

_Pode deixar que vou assinar, vou passar uma procuração

para que ele tome conta de tudo, assim eu fico mais tranquila.

_Vai ter mais tempo para cuidar dos pimpolhos, não é patroa? Dora sorriu, não era tão otimista quanto ele.

_Você não vai se arrepender, é o melhor a fazer no momento. Nós perdemos alguns pés por causa da praga Gomose.

_Foram feito as pulverizações necessárias?

_Sim, graças a Deus a tempo, mas foi o suficiente para interferir na quantidade que havíamos previsto.

_Vou ler o contrato e depois nos falamos.

Dora montou no Trovão e saiu para conversar com Jonas, ele lhe mostrou as vantagens e as desvantagens do contrato que Antônio queria fazer. Ficou por lá conversando e acertando outros assuntos pendentes, já era bem tarde ao deixar Jonas, no meio do caminho encontrou Estevão, ele estacionou seu carro descendo para conversar com ela, ajudou Dora descer do cavalo segurando em sua cintura.

_Acha prudente sair galopando assim nos seu estado?

_Não se preocupe, Trovão é um excelente animal, muito obediente.

_Eu sei que é, mas, você não pode e não deve facilitar assim. Esta pondo a vida de outro em risco. Como medico não vou deixar você fazer isso, nem se machucar.

Dora sorriu pra ele montando novamente no trovão contrariando as ordens dele que teve que a seguir com o seu carro.

_O que aconteceu para que viesse aqui? Não tinha plantão hoje?

_Pedi uma folga.

_Você? - disse ela olhando incredulamente para ele - Não acredito no que meus ouvidos ouviram. - Dora olhava para o céu ao dizer - Vai chover canivete aberto hoje.

_Não brinca, eu queria pegar uma folga há muito tempo.

_E decidiu que seria hoje.

_Não é bem assim eu...queria pegar uma piscina com você. Há algum mal nisso?

_Não, eu também queria o dia esta lindo.

_Que tal se dessemos uma folga para Ana? Podemos fazer

um delicioso churrasco, tenho tudo aqui.

_Você planejou tudo direitinho, não foi?

_Claro, eu não poderia deixar uma oportunidade como essa escapar. Dora deixou o Trovão nas mãos de chico afagando o seu pescoço.

_Cuide bem dele Chico, dê uma porção a mais de aveia para ele.

_Pode deixar patroa.

Ela seguiu ao lado de Estevão ate as escadas quando ele diz:

_Vá buscar suas coisas, eu espero no carro.

_Porque não entra comigo?

_Temos que pegar a estrada Dora.

_Como assim? Não íamos fazer um churrasco?

_E vamos, mas na minha casa e não aqui.

_Tem certeza disso?

_Eu tenho e você?

Dora pensou no seu marido junto com sua ex melhor amiga, sabia que iam demorar para voltar da cidade.

_Eu já volto. - disse sorrindo - Vai ligando o motor.

Dora não levou nem cinco minutos para aparecer com um lindo vestido de praia, com uma linda bolsa combinando, a sandália rasteira e o chapéu dava um toque sofisticado a composição.

A família de Estevão tinha uma linda propriedade no litoral norte, Dora conhecia muito bem o local, estivera por la diversas vezes.

Ao chegar em frente a casa sentiu-se no tempo de adolescente.

_Não esta tendo a sensação de que o tempo voltou? Dora olhou para ele e ao seu redor para responder.

_Estou sim. - respondeu.

_Esta parecendo a época que namorávamos e sempre víamos para cá.

_Era tão bom aquele tempo.

_Nem sempre você parecia gostar.

_É porque você queria vir para cá todos os fins de semana.

_Eu gosto mesmo daqui, quando me aposentar acho que vou vir morar aqui.

_Isso vai demorar. - brincava ela.

Estevão estacionou o carro na garagem, ajudou Dora a descer.

_Quem esta na casa?

_Ninguém.

_Ninguém? E os seus pais?

_Estão na cidade, eu avisei que viríamos.

_Tá maluco! Eles foram ao meu casamento, o que vão pensar de mim, Estevão?

_Não vão pensar nada, eu não disse que vamos ficar aqui sozinhos, disse?

_Não.
_Então relaxa.
Dora queria dar uma boa lição em Tobias, fazer ele se sentira como estava se sentindo, mas, olhava para Estevão e, não queria dar esperanças a ele, adorava- o como amigo apenas, e assim o queria. Nada mais.
Estevão ao contrario viu no fracassado casamento de Dora a nova chance de ter aquela mulher que sempre amou.

O que ele não sabia era que ela o conhecia muito bem, melhor do que ele mesmo, conseguia desvencilhar-se de todos os seus truques, flores, gentilezas por todos os lados, aquela atenção excessiva, e muita proteção, era um dos seus melhores truques e que ela sempre se deixava levar sabendo quando deixá-lo na mão.
Tobias não gostou nada de saber que sua esposa não estava em casa, Ana lhe contou que ela havia saído com Estevão e que não havia dito a hora de voltar.
_Ana, você sabe onde fica essa casa de praia?

_Dora tem um caderno que tem o endereço. Deixa eu ver. - ela olhava numa pequena gaveta onde repousava um lindo vaso cheio de flores coloridas e o telefone, ela pegou um caderno folheando suas paginas. - Esta aqui.

Tobias dirigia com raiva e ciumes misturados, o amor que sentia por Dora fazia suas veias ferverem, não queria perdê-la, por isso, corria o mais rápido que podia na tentativa de salvar seu casamento.

Dora estava sentada na beira da piscina vendo Estevão nadando de um lado para o outro.

_Estevão, vamos andar na praia. - gritou para ele.

_Agora?

_É eu quero andar na areia, correr, ver o mar a noite.

_Então vamos. - falava saindo da água.

_Ainda vai dar para ver o por do sol.

_Que romântica essa minha pequena.

Dora percebia que ele não havia mudado nem um pouco em relação a ela, continuava a tratá-la como se ainda fossem namorados. Estevão sempre foi do tipo brincalhão, corria atras dela, jogava água, escrevia o nome dos dois dentro de um coração na areia, tudo o que faziam quando estavam apaixonados.

_Vamos voltar Estevão.

_Mas por que tão cedo?

_Estou ficando com frio. - dizia toda encolhida.

_Ai, meu Deus! Coitadinha dela. - dizia chegando perto dela aconchegando-a nos braços.

Voltavam abraçados para casa quando Dora avistou Tobias vindo na direção deles, ficou temerosa, seu coração começou a bater mais rápido, tratou logo de tirar seu braço de Estevão, este percebendo faz o mesmo perguntando:

_O que aconteceu Dora?

Não foi preciso de resposta, ele seguiu seu olhar vendo Tobias com os punhos fechados, parecia que queria mesmo uma boa briga e nessa ele levaria a melhor sobre ele. Estevão era alto mais não tanto quanto Tobias, nem era tão forte.

_Vamos para casa eu vim te buscar. - sua voz soava firme sem alteração.

_Calma, ela vai para sim, mas eu a trouxe eu a levo depois do jantar, meus pais...

_Não se preocupe ela come em casa. - disse interrompendo.

_Tobias eu...

_Não diga nada, em casa você explica tudo.

Ele a pegou pelo braço puxando para longe de Estevão, Dora tentou segurar Estevão em vão, Tobias a levava com força.

_Acho melhor você tomar mais cuidado com ela.

_Eu sei o que estou fazendo.

_Não é assim que se trata uma mulher, você não esta no tempo da cavernas. Tobias parou, fixou o olhar sobre Estevão.

_O que você quer com a minha esposa? Hein, Estevão? Você não teve a sua chance e agora vai querer dar em cima dela?

_Tobias...- Dora tentava justificar-se.

_Não estou dando em cima de sua esposa, somos amigos.

_Sei, e desde quando amigos ficam se agarrando numa casa sozinhos e...praticamente pelados. - agora a voz dele estava nitidamente exaltada.

_Não é nada do que você esta pensando Tobias.

_Não estou pensando nada da minha esposa, mas não digo o mesmo a seu respeito.

_Eu sou apenas o medico dela, Tobias nada mais.

_E o ex também, que agora voltar para assombrar a nossa vida. Tobias a levou para o carro, abriu a porta pegando uma blusa sua.

_Vista isso.

Dora pega a blusa agradecendo, sentia mesmo frio, a blusa era quase um vestido de tão grande.

_Você não precisa ir se não quiser Dora. - agurentava Estevão.

_Vamos embora Dora. - as palavras de Tobias eram duras. Enquanto Dora entrava no carro olhando para Estevão.

_Não se preocupe Estevão, vou ficar bem.

_Ela esta com o marido. - disse Tobias saindo a toda velocidade. Estevão ficou parado olhando o carro que se distanciava.

_Você não deveria ter vindo sozinha com ele, isso não é certo para uma mulher casada. Dora não respondeu, queria, mas não o fez.

Ao chegar em casa seguiu direto para o quarto passando por Ana sem dizer uma única palavra. Tobias pegou-a pelo braço trancando a porta.

_Agora podemos conversar.

Dora sentou na beirada da cama, cruzando os braços.

_O que você quer que eu diga? Você saiu e me deixou sozinha, ele me convidou para um passeio eu aceitei. Os pais dele estavam na casa, pode verificar se quiser.

_Como vou saber se é verdade? Se nem empregados eu vi por lá.

_Você não vai entender, mas, não aconteceu nada, somos e sempre seremos amigos.

_Dora, - Tobias chega bem próximo - Se você aparecer gravida pode me esquecer. Dora não conseguia entender por que ele dizia aquelas palavras tão duras.

_Eu não posso ficar gravida de você não? Você se esqueceu da nossa lua de mel?

_Não esqueci não, mas tenho certeza de que não será meu.

_Porque?

Ele não lhe respondeu ficando de costas para ela.

_Você é um idiota Tobias, não enxerga um palmo diante do seu nariz empinado.

_O que você quer que eu pense de uma mulher casada que sai com outro homem e fica sozinha quase nua?

_Você não pensa nada, mas o que uma esposa deveria pensar de um marido que esta com a ex melhor amiga da esposa grudada no seu pescoço, convidando-o para ir a todos os lugares com ela? O que acha disso senhor?

_Essa discussão não vai nos levar a nada.

_É mesmo? Foi você que começou e ainda não me respondeu.

_Não lhe respondi o quê?

_Porque a Sara não sai mais dessa casa? E porque você não quer falar comigo? Afinal foi você que a deixou.

_Eu contei a ela tudo o que você fez comigo no dia que íamos anunciar o nosso noivado.

_Você fez o quê? - Dora levanta-se exaltando a voz.

_Fiz o que tinha que fazer.

_Você não tinha o direito de me colocar contra ela...ou vice versa.

_Por acaso não é verdade? Você sabe que eu gosto da companhia dela, ela é muito meiga, inteligente...

_Muito bem Tobias, vocês venceram. Você esta me forçando dizer algo que eu não queria dizer.

_O que é?

_Estou grávida. - Dora fez uma voz dramática pensando que ia surtir algum efeito. Tobias olha para ela desata a rir.

_O quê? Está grávida?

_Estou! E é seu.

_Não diga besteira, eu não posso te dar filhos, o médico me disse quando eu ainda era adolescente que tenho pouca quantidade de espermatozoides e que não poderia engravidar ninguém, então conta outra.

_Estou mesmo grávida.

Ele a pegou pelo braço tirando-a da cama com força.

_Não minta para mim Dora, eu não suporto mentiras.

_Não estou mentindo.

_Desde quando esta saindo com esse Estevão?

_Ponha em sua cabeça oca que eu nunca estive com ninguém desde que casamos.

_Você nunca me quis por eu ser apenas um empregado, porque agora quer que eu seja seu? Porque quis me comprar Dora?

_Queria me casar com você. Agora você é meu marido.

_Porque não acredito em você Dora. Você não tem palavra.

_Como assim?

_Você não quer mesmo contar quem é o pai desse seu filho?

_É você, Tobias, por que não acredita?

_Porque você nunca acreditou quando eu dizia que amava, quantas vezes eu lhe disse? Umas cem mil vezes? Você sempre me desprezou por me considerar apenas um empregado, um peão na sua fazenda.

_É o que você é! - responde sem pensar.
Tobias abre a porta do closet e pega a pasta que continha o dinheiro dado por ela, joga a pasta sobre os pés dela dizendo:
_Considera-se divorciada. Amanhã mesmo eu saio dessa casa e pode ficar com o dinheiro o pai do seu filho pode precisar dele.

Dora fica olhando para a pasta no chão enquanto ele saia, passa por cima da pasta indo para o seu banho. Deixou a água quente revitalizar o seu corpo, sentia o frio indo embora, a tensão do seu corpo começava a se manifestar, agachou no chão chorando, deixou a água levar tudo o que sentia embora. Enrolou-se num roupão felpudo branco com o seu nome bordado, pegou a pasta no chão, sentia todo o seu peso, abriu, tinha uns papeis em cima do dinheiro que examinou, o dinheiro estava intacto, "ele não mexeu em nada desse dinheiro"? pensava, remexia olhando o dinheiro, "esta tudo aqui, exatamente como eu coloquei". Fechou a pasta, pegou os papeis retirados de dentro dela, um deles era sua certidão de casamento, até então não tinha visto, lia tudo com a mão tampando um grito, "não posso acreditar que casei com o gordinho! como pode ser isso? Eu não percebi nem por um momento. É ele eu tenho certeza, o nome da mãe e do pai, mas como pode?"
Dora começa a montar o quebra cabeça, queria falar com Tobias, saiu correndo do quarto procurando por ele.

CAPÍTULO XV

Tobias estava muito zangado, decidiu partir aquela noite mesmo, olhava para a caminhonete toda suja de areia, tirou o tapete para bater quando um papel veio junto, ele apanhou abrindo sem saber que era da clinica de Estevão. Tobias sentia a expectativa aumentando, depois de ver a data deu vários socos no capo do carro, "preciso ver Dora".

Ele correu de volta para a casa procurando no quarto, não estava, enquanto ela procurava por ele onde estava sua caminhonete, os dois se procuravam pela propriedade até se encontrarem no corredor.

_Preciso falar com você. - disseram juntos.

_Você primeiro. - novamente juntos.

Os dois sorriram, a tensão tinha sido quebrada.

_Diz você, acho que mereceu esse privilegio.- diz ele aproximando dela.

_Eu devo receber o premio da mais "tapada do mundo". - dizia agitando o papel nas mãos. - Como eu nunca percebi? Mas também você tem que me da um credito porque eu só te vi algumas vezes quando eramos criança e você eram bem gordinho, alias era esse o seu apelido.

_Não era o meu apelido. - respondeu de cabeça baixa - Os garotos é que me chamavam assim. Inclusive o Estevão.

_Não era o meu apelido. - respondeu de cabeça baixa - Os garotos é que me chamavam assim. Inclusive o Estevão.

_Por que nunca me contou? Porque me deixou falar aquelas coisas e, pensar tudo aquilo de você.

_Queria que você descobrisse tudo sozinha.

_Você me perdoa?

_Você quer o perdão por descobrir que eu não sou um empregadinho que você pensou que eu era? Ou quer o meu perdão por ter cometido um grande erro?

_Os dois. - diz sorrindo para ele.

_Eu te perdoo com uma condição.

_Qual?

_Que você possa me perdoar primeiro. - ele mostrou para ela o resultado do exame que pegou no carro. - Eu não deveria ter dito o que disse para você. Esse resultado me surpreendeu muito. Eu sei que fui muito burro, como não podia prever que você... - Ele para de falar de repente, as lágrimas vão rolando pelo seu rosto, ele cai de joelhos diante de Dora, ela se aproxima dele que agarra sua pernas abraçando. - Me perdoa Dora, eu te peço, eu não posso te perder por nada nesse mundo, eu te amo, eu sempre te amei, desde do dia que eu te vi na fazenda junto com o seu pai, sabia que você seria minha, que uma dia eu a teria nos braços.

_Você conseguiu mesmo me conquistar.

Tobias olha para ela erguendo-a nos braços levou-a de volta para o quarto.

_Você não pode se esforçar muito, nem se emocionar demais. - diz Tobias ao deitar Dora na cama delicadamente acariciando sua barriga.

_Não se preocupe tanto, estou bem.

_Por favor, diz que me perdoa por ter dito aquelas coisas de você, não merecia ouvir nada daquilo. Eu sei que fui grosseiro, quero fazer tudo direito daqui para frente.

_Com pude ser tão burra e não perceber o que estava a

minha frente.

_Você não teve culpa, eu fiz muito bem a minha parte.

_Eu fui injusta com você, eu nunca fui assim. Mas, quando vi Sara dando em cima de você, fiquei com ciumes.

_Ciumes? Você sentiu ciumes de mim?

_E porque não sentiria? Afinal eu amo você. - ela olha para ele continuando. - Eu te amo Tobias, só agora que me dei conta disso. Quando eu vi todo aquele dinheiro, percebi que você não era nada do que pensava.

Tobias estava emocionado, sentou na cama olhando para ela.

_Como é? Eu acho que não ouvi direito, você disse que me ama?

_Disse.

_Repete.

_Eu te amo.

_De novo. - falava beijando os lábios de Dora.

_Eu te amo Tobias. - ela agarra o pescoço puxando-o para si. - te amo como nunca amei alguém na minha vida.

Tobias tomou sua boca num beijo impetuoso, sentindo ser totalmente correspondido, a troca de carinhos se intensificava a cada toque.

_Prometo que vou amá-la, adorá-la, por toda a minha vida e por outras se existirem. - dizia puxando o laço do roupão que ela vestia.

_Porque demorou tanto tempo para aparecer na minha vida?

_Nunca é tarde meu amor, se eu tivesse chegado com noventa anos, ainda assim eu ia te querer, nunca ia desistir de você.

_Ainda bem que não demorou muito, assim teremos a vida toda para aproveitar e agora ainda mais com essa criança.

_Você me fez o homem mais feliz da vida, realizou um sonho de criança. Ninguém podia ser tão feliz quanto Tobias estava sendo ao lado de Dora.

_Eu te amo Dora.

Ela já conhecia aquela sinceridade dele, admirava-o cada vez mais, ele lutou até conseguir chegar onde chegou.

Logo pela manhã, muitas coisas foram esclarecidas por Tobias enquanto todos tomavam cafe, Ana estava parada com o bule na mão ouvindo tudo atentamente.

_Quer dizer Jonas, que você é o cumprisse de Tobias.

_Perdoa patroa, mas quando ele me contou sua historia e quem ele era, não podia dizer não. A patroa sabe como eu sou um homem romântico.

Todos perceberam o olhar que ele lançou para Ana que deixou o bule sobre a mesa virando as costas, visivelmente embaraçada com a conversa.

_Eu conhecia a historia da família dele, mas nunca imaginei que Tobias morava longe daqui num colégio interno, ele tinha sido dado como morto pela própria família. Abandonando a própria sorte, mas. Você venceu, conseguiu estudar, se formou e agora esta aqui.

Dora reconhecendo o que ele passou, segurou sua mão repousada sobre a mesa.

_Nunca mais você vai sofrer amor. - disse olhando para ele com carinho, os dois trocavam beijos na frente de Ana e Jonas.

Ana estava emocionada demais para ficar perto deles, enxugou uma lagrima que caia discretamente.

_Que isso Ana. - pergunta Dora. - Venha se sentar ao nosso lado.

_Estou muito emocionada filha, estava torcendo por vocês, eu vejo que estão felizes depois de tudo. O amor realmente venceu.

_Ana, você é tão romântica. dizia Dora. Todos riram.

A felicidade realmente chegara para Tobias e Dora, trancados no quarto, eles cavalgavam o prazer, ele segurava os cabelos de Dora passando suas mãos pelas costas até segurá-la nos quadris, aquele prazer se intensificava deixando ambos extasiados.

Sara descobriu que não poderia competir com o amor que Tobias entregava a Dora, deixando a fazenda ao lado de Estevão.

Dora fez de tudo pra que o amigo encontrasse o amor nos braços de Sara, unindo assim dois corações solitários. Estevão conhecia Tobias e sua historia, apenas não o tinha reconhecido.

Afinal o tempo havia passado para todos e apagado os vestígios do passado triste de Tobias, ele havia apreendido com o tempo que é um ótimo aliado podendo curar todas as dores e feridas da vida.

Tobias era prova viva disso, conseguiu conquistar a mulher que sonhara a vida toda.

Um tom insinuante na voz de sua esposa ao cochichar no seu ouvido que o fez voltar sua atenção para ela.

_Porque não pensei nisso antes? - disse pegando-a no colo levando a de volta para a

cama.

Finalmente as duas propriedades estavam unidas, Tobias e Dora fizeram da propriedade

um aras de nome internacional, investindo na criação de animais quarto de milha, e árabe.

Fim

SOBRE O AUTOR

Rute Lombano

Rute Lombano é uma escritora de sucesso que tem várias obras pubricadas pela Amazon e de forma independente tem dois sucessos, o primeiro é Devorador de Pecados e o  segundo lançado em 2021 é O Martelo do Inquisidor.